»sagen die Dummköpfe«

Nathalie Sarraute

»sagen die Dummköpfe«

Roman

Deutsch von Elmar Tophoven

Kiepenheuer & Witsch

Der Übersetzer dankt der Autorin für ihre Hilfe.
Für ihre kritische Aufmerksamkeit bei der Lektüre
des Übersetzungsmanuskripts dankt er Bärbel Flad.

Titel der Originalausgabe *disent les imbéciles*

Deutsch von Elmar Tophoven

Gesamtherstellung Clausen & Bosse, Leck
ISBN 3-462-02405-1

Sie ist allerliebst, nicht wahr? Schaut euch das mal an . . . schaut nur, wie fein es ist . . . man könnte meinen, es sind keine echten Haare, es sieht aus wie Federn, wie Flaum . . . ihre Finger streicheln die seidenweiche, etwas zerknitterte Haut der Wange . . . das sanfte Gesicht fügt sich brav dem Druck der Finger . . . sie streichen an der Schulter entlang über den flaumigen, weißen Schal hinab, legen sich auf die leicht geschwollenen, mit kleinen, goldbraunen Flecken bedeckten Hände, die regungslos auf ihren Knien ruhen . . . sie schüttelt den Kopf mit zärtlich-duldsamer Miene, sie lächelt auf ihre gutmütige, unschuldige Art, nichts dringt durch, kein einziger bohrender Blick durchdringt den schillernden Schmelz ihrer Augen . . .
Sie ist allerliebst . . . die so sanfte, zarte Haut ihrer erschlafften Wange ruft, wenn man sie mit den Fingerkuppen streift, in einem ein Gefühl hervor, das . . . man möchte den Atem anhalten . . . die Finger gleiten, folgen der Kontur des Schädels, der nach wie vor ganz rund ist unter der dünnen Schicht

ihres Haars . . . sie ist allerliebst . . . so zerbrechlich, so schmiegsam . . . ihre Finger umfassen sanft die Schulter, den Arm unter dem moosweichen Schal, ihre Handflächen schließen sich rund um die molligen, von bläulichen Äderchen durchzogenen, mit Flecken bedeckten Pölsterchen, die sich auf dem Rücken ihrer Hände wölben . . . Sie ist allerliebst . . . schaut nur, ist sie nicht zum Anbeißen?

– Was ist denn nur? Sie richten sich auf, sie ziehen ihre Hände zurück . . . Was ist mit dir?
– Nichts. Laßt sie bloß in Ruhe! Rührt nicht daran.
– Du selber hast doch gerade . . .
– Ja, das stimmt, es war falsch von mir. Ich bin darauf hereingefallen . . . Ich bin ja auch zu dumm . . . ja, ich möchte nun eigentlich gehen . . .
Aber es ist zu spät. So leicht ist das nicht abzutun. Man halte ihn fest, damit er antwortet . . . er ist worauf hereingefallen? Worauf? Was ist in dich gefahren? Wenn man begonnen hat, geht man auch bis ans Ende.

Bis ans Ende, wirklich? Bis ans Ende mit euch . . . Ihr wollt sehen, bis wohin . . . und ihr seid bereit, mir zu folgen . . . Nicht bis ans Ende, freilich . . .

welches Ende? wie anmaßend . . . doch nur ein Ende Weges . . . Einverstanden? Davor habt ihr also keine Angst? Und wenn ihr dazu gebracht würdet, an etwas teilzunehmen, auf das ihr euch am liebsten nie einlaßt, das ihr gewöhnlich aus Takt- oder Schamgefühl ignoriert . . . Wenn ihr euch bloßstellen würdet? Gewisse Berührungen ertragen müßtet?

Angst? Nein, wirklich, er ist nicht mehr klar im Kopf. Angst? Wir! Wir Komplizen. Berührungen mit uns. Welcher Art, das frage ich euch, welche Berührungen außer den unvermeidlichen, kurzen Kontakten zwischen dem Schurken, der die Ordnung stört, und den Polizisten, die ihn, mit Handschellen an sie gekettet, abführen.
Unmöglich, dich herauszureden. Es wurde eine Grenze überschritten. Es wurden Worte ausgesprochen. Es wurde eine Tat begangen. Du hast das Gesetz übertreten.

Man verhafte ihn, man verhöre ihn . . . schonungsvoll zunächst, damit er nicht störrisch wird. Es ist unbedingt nötig, mit einer raschen Rekonstruktion des Vorgangs zu beginnen. Man muß die Dinge wieder so sehen, wie sie waren. Schauen wir mal, wenn es dir recht ist, sehen wir es uns mal an.
Hier steht doch ein Kanapee, sein Samtbezug ist

blau . . . es ist das Blau, das sie so gern hat . . . das zum Emailschmelz ihrer Augen paßt. Wer sitzt auf diesem Kanapee? Antworte . . . – Wozu? Ihr wißt es ja. – Wir wissen es, aber es ist unerläßlich, sie zu benennen. – Sie heißt Cyprienne. – Und weiter? – Cyprienne Létuvier. – Oh, der kleine Schlingel, der Spitzbube, er hat die Gefahr gewittert, er hat die Falle entdeckt . . . Versuche nicht, dich herauszuwinden . . . Es handelt sich weder um ihren Familiennamen, noch um ihren Vornamen, es handelt sich um das, was sie für uns ist, du weißt es. Ja, um das, was sie für jeden von uns darstellt. – Es ist . . . es ist unsere Großmutter . . .

– Gut. Das wäre eine erste, wichtige Feststellung. Es mußte jedenfalls mal gesagt werden. Also, unsere Großmutter saß, von uns umgeben, auf ihrem Kanapee. Und wir umschmeichelten sie, und du streicheltest sie, und wir konnten unseren Blick nicht von ihrem sanften, verwelkten Gesicht abwenden, wir streiften, oh, wie behutsam, mit den Händen über ihr so feines Haar . . . so fein wie Flaum . . . über die so seidenweiche, glänzende Haut ihrer Wange . . . wir legten unsere Hände, unsere Lippen auf die Pölsterchen ihrer Hände, unsere Finger folgten den Konturen der Venen, der Äderchen, die bläulich aussehen wie der verblichene Schmelz ihrer Augen . . . ihre ruhigen Hände liegen auf ihren gespreizten Knien, zwischen denen ihr Rockschoß aus molligem Wollstoff eine Mulde bildet . . . in der unser Kopf Zu-

flucht, Geborgenheit findet . . . ja, ihre Hände, die ich bis ins kleinste kenne . . . bei diesem Finger, dem Ringfinger, gibt es am Gelenk eine kleine Kuhle, wie ein winziger Krater, die Kuppe meines Zeigefingers fühlt ihn, wenn sie den runden, ein wenig aufgewölbten Rand nur eben streift . . . Aber, betätschelt sie doch nicht so, ihr werdet sie ermüden . . . Nein, nicht wahr? Nein, wir ermüden dich nicht . . . sie schüttelt den Kopf, sie lächelt uns auf ihre gutmütige Art an . . . Wahrhaftig, sie ist allerliebst . . . sie ist zum Anbeißen . . .
Genau in diesem Moment hat es ihn plötzlich gepackt, er hat nicht an sich halten können, er hat sich aufgerichtet, er hat geschrien . . . und nun fürchtet, nun schämt er sich. Schaut ihn an, er verbirgt sein Gesicht in den Händen, er fährt sich mit den Fingern über die Stirn, er massiert sie, um das zu beruhigen und wieder zurechtzurücken, was in diesem wirren Kopf, in diesem überspannten Gehirn . . . Es ist Irrsinn, ich weiß . . . verzeiht mir, achtet nicht darauf, nehmen wir an, ich hätte nichts gesagt . . . nichts . . . es ist nichts, ich bin irrsinnig . . .

»Irrsinnig? Wirklich irrsinnig? Bist du sicher? Ist es so sicher?« . . . wie ein Zischen, ein kaum wahrnehmbares Zischeln . . . von dorther, von dem da, der nicht aufgehört hat, alles zu beobachten, wobei sein Blick, sein Lächeln eine verständnisinnige Nach-

sicht verrät, eine Art von leicht spöttischem, amüsiertem Einverständnis . . .
Ah, auch du, nicht wahr, du hast alles genauso empfunden wie ich . . . Ein einziger Zeuge genügt, einer allein, der ebenfalls . . . Ich bin nicht irrsinnig . . . du hast es mir zugeraunt, ich habe dich flüstern hören: »Ist es so sicher? Wirklich irrsinnig?« . . . Du merktest alles, ich wußte es, als wir sie immerzu streichelten, als unsere Hände sie umfaßten, ihre Konturen glättend um sie herumfuhren . . . du hattest deinen Spaß daran, immer etwas zurückhaltend . . . Immer in Sicherheit . . .
Nein, du hast nichts gesehen? Du hast nichts geflüstert? Es waren Halluzinationen . . . nichts als Hirngespinste . . . Entschuldigung, es war falsch von mir . . . Streichelt sie, umschmeichelt sie, soviel ihr wollt. Ich weiß nicht, was mit mir los ist . . . was mir in die Krone gefahren ist . . .

Aber es gibt Beweise, gegen die nichts zu machen ist. Du hast dich aufgerichtet, du hast uns angewidert betrachtet, du wagtest es, Gott weiß was zu unterstellen . . . wir kennen dich, du bist zu allem fähig . . . Du warst töricht genug, unser ganzes Abwehrsystem zu mobilisieren. Zahlreiche, sachkundig abgestufte, jedem Einzelfall angemessene Mittel. Du weißt nun, was du zu erwarten hast.
Es nützt nichts, dich zu entschuldigen, die Tatsachen

sind unwiderlegbar. Wir waren da versammelt, ein reizendes Familienbild. Es gibt nichts Rührenderes auf der Welt. Eine bezaubernde Großmutter, eine richtige Märchengroßmutter . . . es ist ein großes Glück für uns . . . wie sie da sitzt, an ihrem Lieblingsplatz, umringt von ihren Enkelkindern . . . sie umarmen sie, umschmeicheln sie, sie streichen mit den Händen ehrfürchtig über ihr seidenweiches Haar, goldblonde Haare sind noch hier und da mit ihrem weißen Haar verwoben . . . sie legen ihre Finger auf die Grübchen der rundlichen Hände, und sie läßt sie alle gewähren, sie lächelt und schüttelt den Kopf . . . ist sie nicht allerliebst? . . . Ist sie nicht zum Anbeißen? Aber du bist plötzlich aufgestanden, es war mehr, als du ertragen konntest . . . Du riefst: Rührt sie nicht an, laßt sie doch in Ruhe, du, der du bei uns warst und wie wir, mehr als wir bemüht warst, sie zu streicheln . . . Laßt sie . . . Ach nein, ich möchte nun lieber gehen.

Das ist es, das ist es, mir soll's recht sein, das ist jetzt nötig, alles wurde vorhergesehen, die Regel und die Ausnahmen, es gibt nichts Neues unter der Sonne, alles ist wohlbekannt, wohlgeordnet und mehr als langweilig, und nichts ist klarer, nichts besser erforscht als sein Fall.

Das ist nun angebracht, es wird jetzt auf einmal in alle Mäander dringen, sich in alle Windungen ergießen, in allen Winkeln suchen, saugen, zum Vorschein bringen und zu einem Ganzen zusammenfügen, was da verstreut war, Liebkosungen, Zärtlichkeiten, ehrfürchtig streifende Bewegungen, der zwischen die Beine geduckte Kopf, der jähe Ausbruch, die wütenden, haßerfüllten Blicke, das alles verbunden mit diesen wenigen, hier hingestellten Worten, die einem in die Augen springen: er ist eifersüchtig.

Hier ist sie, die am leichtesten zu benützende Waffe, die wirksamste ihres Arsenals. Die Waffe, die sie, wie er wohl wußte, sofort ergreifen und auf ihn richten würden. Es gibt nichts Erstaunlicheres als die Promptheit, die Wucht, mit der dieses Wort trifft, eindringt und sich ausbreitet . . .
Ein Wort jedoch, das eher unscheinbar ist und ganz harmlos aussieht, da das Positive von »eifer« das Negative von »süchtig« aufzuwiegen scheint. Aber dem darf man nicht trauen, nichts ist trügerischer als solche Erwägungen . . . Man denke nur daran, daß »süchtig« sich mit »tüchtig« reimt. Ein kleines t oder ein kleines s und welch ein großer Unterschied. Wenn das schlimme »süchtig« auch durch die Aura von »eifer« gemildert wird, kann es doch im Nu sein ganzes Gewicht wiedergewinnen . . . Welcher Komputer wird in Millionen Jahren jemals wiedergeben, was, sobald das Wort »eifersüchtig« ausgesprochen wurde, in euch und in mir eben das hervor-

gerufen hat, was ihr ja kennt . . . Wer wird das jemals entwickeln, verdeutlichen, darlegen können . . . Aber wozu? Man braucht nur zu sagen: »eifersüchtig«. Die ungeheure Maschinerie, die ebenso kompliziert ist wie der Organismus, der unsere Lungen atmen und unseren Puls schlagen läßt, sorgt prompt, ohne daß er wüßte wie, ohne daß er erklären könnte warum, dafür, daß ihm das Blut in den Kopf steigt, er wird rot im Gesicht . . . »Eifersüchtig? Ich?!«

Da läuft er los, ihrem Gelächter ausgesetzt, am ganzen Körper bebend schlägt er um sich . . . Er ist zu komisch . . . Man sieht, wie sein Rücken die Decke, die wir, um ihn einzufangen, über ihn geworfen haben, anhebt und aufwallen läßt . . . Schaut ihn euch an, ich habe ihn ganz in der Hand, ich werde ihn freigeben, damit ihr ihn besser untersuchen könnt . . . sein scheeler Blick, der unsere Blicke flieht . . . man weiß nicht wohin, man möchte am liebsten ganz tief in der Erde versinken, wenn man so ertappt wurde, auf frischer Tat . . . Auf welcher Tat? . . . Hört ihr sein jämmerliches Gewinsel? Auf welcher Tat? Muß man es erklären? Wir waren alle da vereint. Ein reizendes Bild. Unsere Großmutter und wir alle um sie herum, sie umschmeichelnd, sie streichelnd, unsere Gesichter in die Mulde ihres molligen Rockes kuschelnd . . . Alle vereint in der gleichen Zärtlichkeit,

alle zusammengekauert in der gleichen Geborgenheit ... und nur er hat, als er mit uns seine Finger zärtlich auf ihr seidenweiches Haar, auf ihre Wange legte ...
Nur er ... der heuchlerische Bruder, er als einziger Verräter, hat in sich selbst zurückgezogen, habgierig, haßerfüllt ... – Haßerfüllt, meinst du? – Ja, haßerfüllt, das weiß man doch. Man ist nie eifersüchtig auf jemanden, den man liebt. Das ist untersucht worden, große Geister haben das eingesehen. Ich habe gelesen ... – Ja, du hast recht, ich habe es auch gelesen, bei Spinoza. – Spinoza? So so, Spinoza ... Weißt du, ich selber wäre ja nie so weit gegangen ... Aber, wenn sogar Spinoza ... – Ja, keine Eifersucht ohne Haß. Sie sind miteinander verkoppelt. Übrigens, der Haß, der Ekel, der Überdruß spritzten ihm aus den Augen, als einer von uns ... – Du hast doch mitgekriegt, daß auch er ... Er hat das gleiche gesagt wie wir, ich habe es gehört ... – Ja, freilich, er kann es sich ja auch erlauben ... jemand wie er darf ohne weiteres sagen »sie ist allerliebst«, er darf sie umschmeicheln, sie gehört ihm. Als wir jedoch wagten, seinen Besitz zu berühren, sein alleiniges Eigentum ...

Mit einem Male reißt er sich los, macht er sich frei ... Oh, da ist es ja ... ich hab's ... Vielen

Dank . . . Es ist genau das, was ich brauchte . . . Seht ihr, ihr habt's gefunden, ohne zu wissen, was ihr tatet, habt ihr es getroffen . . . »Seinen Besitz, sein Eigentum« . . . tut es noch mal, nur etwas besser, ihr seid nahe daran, sagt es doch, sagt: »Ja, seine Sache« . . . – Ja, deine Sache . . . – Ah, vielen Dank dafür . . . Sache . . . Sache ist das richtige Wort. Ein Wort, das alles besagt.
Eine Sache, ihr habt es gesehen. Ein Ding, da vor uns hingestellt, zur Schau gestellt, zur Verfügung gestellt . . . Ihr sanftes Haar, ihre seidenweiche Wange, der schillernde Schmelz ihrer Augen, die Grübchen in ihren rundlichen Händen auf ihren Knien, auf ihrem Rock mit den kuscheligen Falten . . .

Ihr habt recht, man muß den Sachverhalt rekonstruieren . . . Unsere Finger folgen ihren Konturen, unsere Augen betrachten ihre Farben . . . zarte rosa und blaue Pastelltöne . . . ihr nachsichtiges Kopfschütteln, ihr unschuldiges Lächeln . . . »Sie ist allerliebst.« Jedes Wort – etwas Wunderbares. »Sie ist allerliebst.«
So habt doch keine Angst . . . Schaut mich doch nicht so an . . . Ich bin nicht irrsinnig . . . Er hat recht, der da, der mich grinsend beobachtet . . . wobei er sich fragt, wie weit ich gehen werde . . . Oh, nicht weit, sei unbesorgt, nicht sehr weit, ich bin zu schwach, zu ängstlich, nur ein paar Schritte . . .

»Schaut nur, sie ist allerliebst.« Das »sie« zunächst einmal, ist anonym, »sie« kann irgend jemanden bezeichnen, »sie« ist ein Wort, das Distanz wahrt, das die Betreffende etwas niedriger einstuft. »Sie« . . . Aber warum dabei verweilen? Das ist einem doch ohne die geringste Erklärung beigebracht worden, ohne Angabe der Gründe, es wäre viel zu umständlich und mühsam, Gründe anzuführen . . . »Sie«, das ist in ihrer Anwesenheit verboten, Punktum, aufgrund unserer Lebensart, unserer Lebensartigkeit.

Nun kommt das »ist« an die Reihe. »Ist«, das Wort, das verkittet, zementiert . . . »ist«, das Wort, das alle Auswege versperrt. Ausbruchsmöglichkeiten gibt es nicht . . . »Ist« . . . aber, das wißt ihr ja . . .

Und nun das Beste, das Feinste vom Feinen: »allerliebst« . . . Eine kleine Meißner Porzellanfigur auf dem Kaminsims, ein Tanagrafigürchen, ein entzückendes Püppchen . . . Aber wozu das? Jeder merkt es, ihr habt es auch gemerkt . . . »Sie ist allerliebst. Ist sie nicht zum Anbeißen?« Zum Anbeißen. Zum Anbeißen. Und da begann es zu reißen . . .

Das stimmt jedoch nicht ganz. Erst jetzt klingt beim Wort »beißen« das andere an: »reißen«. Aber im ersten Moment war es eigentlich noch kein Reißen, es hat vielmehr gewackelt, es war ein Wackeln, ein Fakkeln . . . In seinen undurchsichtigen Augen, hinter ihren glänzenden Spiegelbildern hat sich etwas ge-

regt . . . Sie ist allerliebst, sie ist zum Anbeißen . . . Das war etwas zu stark, unter dem Gewicht von alledem, was ihn bedrückte, hat das etwas ausgelöst, ein jähes Aufbegehren . . .
Und dort, wo es sich aufwölbt, wo es wallt, die kleine Schwellung, die Unebenheit, genau dort erwischte ich was mit meinen Fingern und zerrte ich, wobei ich alles, die ganze bemalte Leinwand, abriß, und durch dieses riesige Loch . . . es sprudelt hervor, eine brodelnde Masse, sie ergießt sich unablässig, sie spült mich fort . . .

Halt . . . Hilfe . . . Her mit den Schotten, den Dichtungen, stopft das zu, stoppt das, was aus ihr herausfließt . . . haltet es auf . . . Ihr habt alles Nötige, um es abzuleiten, es einzufangen, es zu verringern, alle eure Klassifizierungen, eure ganze Psychologie . . . rasch, alle ran, eindeichen, einengen, umleiten, Wörter herbeischaffen, die besonders dafür gebildeten, für diesen Gebrauch bestimmten Wörter . . . hier sind sie, verwenden wir sie: Empörung, unterdrückte Bedürfnisse, lebhaftes Verlangen, ebenso lebhaft wie einst, Entsagungen, Haßgefühle, Wutausbrüche, Verstümmelungen, Niederträchtigkeiten, Heuchelei, Furchtlosigkeit, Boshaftigkeit, Gutmütigkeit, Unbefangenheit, Geistesklarheit, Sinnlichkeit . . . Sieh da, allmählich beruhigen sich die Fluten, allmählich beruhige ich mich . . . Die Krise ist vorüber.

Es ist beruhigend, daß man diese Trennwände benützen kann, um alles wieder in Ordnung zu bringen, um das eine vom anderen abzusondern und in säuberlich etikettierte Schubladen, in Schließfächer zu stecken, was . . . Man braucht sie nur zu öffnen, da ist es, wohlbekannt und wohlgeordnet. Man kann sich die Zeit vertreiben, indem man hier und da etwas herausnimmt und hochfeine Mischungen nach dem Geschmack der Anspruchsvollen macht: Gemische aus Zärtlichkeit und Mißgunst, aus Rachsucht und Edelmut . . . erlesene Zusammensetzungen . . . Es gibt ja so viele geistvolle Kenner, die es darin zur Meisterschaft gebracht haben . . . es gibt ja so viele Meisterwerke, die als bewunderte Modelle dessen gelten, was man hervorzubringen vermag, wenn man jene kunstvollen Mischungen vornimmt, die Kompositionen von Stoffresten, zum Beispiel, von Läppchen, aus denen die Frauen früher jene buntscheckigen Bettdecken zusammennähten, die so gelungen aussahen und so modern wirkten.
Nein, euch gefällt das nicht? Ihr seid dagegen? Diese hübsche Decke aus nicht zusammenpassenden Lappen ist nicht nach eurem Geschmack. Ihr trauert dem alten, bemalten Stoff nach. Er war jedoch, wie wir zugeben sollten, etwas vorsintflutlich, recht fade . . . Schaut ihn euch an, ist er nicht beinahe schon etwas ekelhaft? . . .

Sie verharren einen Moment regungslos, mit starrem Blick und wie verdutzt . . . und dann geraten sie in Erregung . . . Sie bedrängen ihn, sie umringen ihn, ihre steifen Finger stechen in seine Schultern, ihre Hände packen seinen Kopf von hinten und halten ihn fest . . . Sei zufrieden. Es war fade für deinen Geschmack, fade, ja geradezu ekelhaft? Du hast es auffrischen wollen. Aber schau, was du daraus gemacht hast . . . wie alles sich wieder verhärtet, sich wiederherstellt . . . Schau, dort erhebt es sich . . . das ist nicht mehr fade, absolut nicht . . . du wirst dich nicht mehr beklagen können. Was wäre weniger fade als das? Diese Greisin mit ihrem Gesicht, das so verdächtig rosa, etwas bläulich aussieht, und in dem nur die Augen etwas bewahrt haben . . . oder vielleicht bekommen haben, was sie nicht hatten . . . dieses Glänzen . . . dieses Leuchten . . . wie eine Leuchtkraft . . . Ein, sagt mir das Wort, bringt mich darauf . . . Ja, genau das ist es . . . lüstern . . . ein lüsternes Leuchten . . . Wehr dich nicht, haltet ihn fest, zieht seine Lider hoch, damit er sie nicht schließt . . . ja, lüstern . . . Zwischen ihren Runzeln hat dieses Leuchten als ganz natürliche Kontrastwirkung den Anschein von . . . ja, lüstern ist das treffende Wort . . . Schau nur die weichen Falten dieses wabbeligen Fleisches, wo die geheimen Gelüste schlummern . . . diese schmalen, nach innen gesogenen Lippen . . . diese grauen, wirren Strähnen einer alten Vettel, einer alten Hexe . . . denn unsere gute Großmutter, das hatten wir vergessen, kann grausam sein . . . Schau nur ihre Hakenfinger, wißt ihr noch? Es fällt mir jetzt wieder ein, die kurzen Krallenhiebe, die sie einem plötzlich, wenn man am wenigsten darauf gefaßt war, zu versetzen wußte . . . Er regt sich auf, er schreit, die Tränen springen aus seinen weit aufgerissenen Augen . . . er wehrt sich, um sich auf das zu stürzen, was sie vor ihm aufgerichtet haben, um es umzustoßen . . . – Das stimmt nicht, das ist falsch . . . Ihr könnt nur im Falschen leben. Ihr denkt euch nur Falsches aus. Ich lasse es nicht zu, ihr seid nicht berechtigt, ihr seid niederträchtig . . .

– Niederträchtig? Wir? Das ist wirklich großartig. Wir niederträchtig. Wenn du dich nur sähest . . . wenn du die fiebrigen Augen sehen könntest, diese gebogene Lippenlinie, in der sich etwas zeigt, kalt und böse . . . – Kalt? . . . Böse? Wo ich doch ganz im Gegenteil, um sie zu erlösen von dem bösen Blick, den man auf sie geworfen hatte und der sie in diese kleine Greisin verwandelt hatte, während in ihr, wie ehemals, wie in jedem von uns, ebenso heftig, wir sind ihr ganz ähnlich . . . Wo ich doch Gefahr lief, eine, wie ihr ja seht, tödliche Gefahr . . . als ich mich bloßgestellt hatte . . . – Ja, bloßgestellt, das ist wahr, bloßgestellt ist das richtige Wort, du hast dich so gezeigt, wie du bist. Sie klopfen seine Brust ab, seine Stirn . . . Das sickerte überall hervor: die Kälte. Eine eiskalte Wißbegier. Eine lieblose, unbarmherzige

Verstandesschärfe. Möchtest du, daß sie dich sieht, wie du wirklich bist? Möchtest du, daß man es ihr sagt? . . .

Er wendet sich ihr zu, die ganz gerade auf ihrem Kanapee sitzt, ihre undurchsichtigen, schillernden Augen, die von keinem stechenden Blick durchdrungen werden, sind auf ihn gerichtet . . . Dahinter aber . . . oder ist das nur eine Spiegelung der vom Schmelz glänzenden Oberflächen? . . . schien sich etwas bewegt zu haben, es sah so aus wie die Bewegung eines verängstigten Tierchens, das sich verkriecht, das entflieht . . . Sie lächelt ihn auf ihre sanfte, unschuldige Art an, sie legt die Hand auf seinen Kopf, den er in die Kuhle ihres flaumigen Rocks kuschelt, sie streichelt sein Haar . . . er ist ihr großer Narr, ihr Dummerchen . . . der arme Kleine, er wird in seinem Leben viel leiden müssen, so empfindsam, so zartfühlend wie er ist. Ihr Säugling. Ihr Däumling. Immer auf der Suche nach Kieselsteinen auf seinem Weg, um wohin zu gehen, das frage ich euch . . . immer grübelnd, immer darauf bedacht, kein Leid zu verursachen . . . Wer unter uns erinnert sich nicht seiner blutigen Hände, er hätte sich beinahe die Pulsadern durchgeschnitten an dem Tag, als er eine Fensterscheibe zerschlug, um die Ente zu befreien, der die alte Marie gerade den Hals abschneiden wollte . . . die gute Frau war ganz gerührt . . . er war ihr immer der liebste gewesen . . . Herzensgut. Er hat sich nicht verändert, man ändert sich nicht . . . Sie schüttelt den Kopf . . . Ach was, die anderen ermüden sie nicht, ganz im Gegenteil . . . Aber er hat immer Angst, er ist der liebevollste von ihnen allen, der anhänglichste . . . eifersüchtig, ja, vielleicht ein wenig, sie haben ihn immer damit gehänselt . . . sie haben recht, er hat es nicht gern, daß andere daran rühren, er will sie für sich allein haben, ein wenig eifersüchtig, das ist wahr, allzu leidenschaftlich, dabei ein goldenes Herz. Und großzügig. Immer bereit, das Hemd vom Leibe zu verschenken. Und was würde er für sie nicht alles tun?

Unter ihrer liebkosenden Hand gibt alles in ihm nach, entspannt sich alles, keinerlei Falten, keinerlei Kniffe mehr . . . Er wendet seinen Blick, den sie so liebt, nicht von ihr ab, seinen sie offen anschauenden, ihr wie ein Kind vertrauenden Blick, der über ihr rosiges, ein wenig geschminktes Gesicht streift, über ihre unauffällig bemalten Lippen gleitet, über ihr Haar, wo Goldfäden mit Silberfäden verwoben sind, über ihre Hände, die auf ihren Knien ruhen . . . die sich ganz darin zu erkennen gibt, die ganz da zusammengedrängt ist, in diesem Antlitz, in diesen Händen . . . Am Zufluchtsort. In Sicherheit. In diesem Hafen, in den sie sich zurückgezogen hat, wo sie sich, ohne den geringsten Versuch, auf die hohe See zu entfliehen, noch ehe man sie dahin leitete, ehe man sie aufforderte, dort Zuflucht zu suchen, klug und weise zu den alten Schulschiffen gesellt hat, die der Ausbildung dienen, zu jenen schönen, alten Segelschiffen, die man voller Rührung und Ehrfurcht besichtigt.

Was will er? Wohin will er sie bringen, wohin will er sie beide treiben, ihr kleiner Narr, ihr Dummerchen? In welche furchtbaren Gefahren, welche Alpträume, welche Schrecken ... In welche Irrenanstalten, wo durchgedrehte alte Weiber mit grauen, wirren Strähnen eingesperrt werden, geile, alte Weiber mit glühenden Blicken, grotesk drohenden, knotigen Fäusten, in welche Besserungsanstalten, wo man die abscheulichen Strolche einliefert, die Galgenvögel, die kleinen Schurken ...

– Ja, Leute deines Schlages ... Möchtest du, daß man sagt, was dieses Herzchen leise angedeutet, was dieser liebe, arglose Kleine säuselnd angeregt hat, welche Gedanken er in seinem Engelsköpfchen hegt, was aus seinem guten, offenen Blick hervortrieft?

– Nichts, glaube ihnen nicht ... es ist nicht wahr, sie sind es vielmehr, sobald ich versuchte, dich aus der Gestalt, in der du steckst, herauszureißen, dich von dem bösen Blick zu befreien ... sie sind es ... wenn du wüßtest, wenn du ihr Gekicher gehört hättest: Ah, »sie ist allerliebst« klingt ungehörig?, »sie ist allerliebst« klingt respektlos? ...

– Ja, das hat er uns erklärt. Möchtest du, daß es vor

ihr wiederholt wird? . . . Aber, was soll's, sie würde es nicht begreifen, sie hat, Gott sei Dank, trotz ihres Alters noch alle Sinne beisammen . . . Paß auf, du wirst sehen, versuchen wir es mal . . . – Nein, nichts sagen . . . – Aber ja, doch, es wird interessant . . . Sag doch mal, Großmama . . . du weißt, wie sehr er es schätzt, daß wir freimütig miteinander reden, daß man nichts für sich behält, daß man sich ausspricht unter aufrichtigen Leuten, die einander gern haben, du kennst das, es sind die Ausdrücke, die er selbst gebraucht . . . »Sie ist allerliebst«, stell dir vor, daß er das anstößig fand . . . er hat gemerkt, daß du unter diesem Schlag, unter diesem Druck aufbegehrtest, er hat hinter diesen emailblauen Augen, die wir so sehr lieben, etwas wahrgenommen, das . . . – Nein, nichts sagen . . . – Doch, etwas, das sich versteckte, etwas, das . . . Er soll es doch zeigen; was uns betrifft, so ist das etwas, das wir, zum Glück für uns und für unsere Mitmenschen, gar nicht sehen . . . Rutsch doch nicht so unruhig hin und her . . . Wir wollten dir nur Angst einjagen . . . Wie sollten wir es wagen, es ihr zu verraten? . . . Für wen hältst du uns? Nein, zittere nicht, wir werden ihr nur mal eben eine Frage stellen, die sie ohne Mühe beantworten kann: Sag mal, Omama, ist man dir auch nur im geringsten auf die Nerven gegangen, fandest du es zu plumpvertraulich, als man dir das Haar streichelte, das so sanft wie Flaum ist, und die seidenweiche Haut deiner Wange . . . Fandest du es unverschämt, daß man

sagte: »Seht doch mal, sie ist allerliebst, ist sie nicht zum Anbeißen?« Hast du »sie ist allerliebst« anstößig gefunden?
Sie schüttelt den Kopf, sie schaut ihn ein wenig betrübt, ein wenig gerührt an . . . Es ist sicher wieder eine seiner Ideen . . . Was hat er herauskriegen wollen? Was hat er schon wieder gefunden vor lauter Empfindsamkeit, Behutsamkeit? . . . Was sollten diese Worte enthalten außer jener zärtlichen Vertraulichkeit, die sie bei ihren Enkelkindern stets geliebt hat, was außer jener wohltuenden Frische der Kindheit, ihrer Kindheit, die dieses Wort »allerliebst« ihrem bläulich-rosigen Gesicht, ihrem goldsilbernen Haar, ihren rundlichen Händen, ihrem moosweichen Schal und ihrem Rock mit den molligen Falten verleiht, es sind gleichsam ganz besonders ausgesuchte und in ihnen hinterlegte, unauslöschlich in sie eingeprägte Bilder, die dort pietätvoll aufbewahrt werden sollen . . . in ihm auch, nicht wahr? sie möchte nicht, daß ihm sowas abgeht . . . Er wird doch nicht auf seinen Anteil von dem, was sie ihnen allen hinterläßt, verzichten oder diese Gabe von sich weisen? Nicht? Er ist doch nicht undankbar? Nicht frevelhaft? Um nichts in der Welt würde er wagen, das verkommen, beschmutzen zu lassen, was . . . Sie kennt ihn . . . Sein reiner Blick, seine frische, glatte Patschhand streichelt sie, seine naschhaften Kinderlippen schieben sich vor, runden sich: »Ja, sie ist allerliebst!« . . .

»Sie ist allerliebst.« Ein Kandis, der schmilzt. Ein Karamelbonbon, der nach Fruchtzucker schmeckt, nach Honig, lecker zu lutschen, in seinem Munde weichzuknutschen und breitzudrücken . . . sie ist allerliebst . . . eine schmiegsame Masse . . . Woraus besteht das? Doch nur aus dem Allerbekömmlichsten, aus Erzeugnissen bester Qualität: »Sie«, dessen plumpe Vertraulichkeit den faden Beigeschmack dieser Art von Zärtlichkeit und Ehrerbietung verstärkt . . .

»Ist« – eine allgemein gebräuchliche Zutat, die man verwendet, ohne daran zu denken, es ginge notfalls auch ohne, aber warum sollte man darauf verzichten? es ist ganz unschädlich, riecht weder übel noch angenehm und ist so bequem als Bindemittel . . .

»Allerliebst« . . . was ist das bloß? Es ist kein Bonbon, keine Fruchtpaste, ich kann das nicht zerkauen, ich nehme es klitschnaß und glänzend wieder aus dem Mund . . . Es ist etwas Hartes, bohnengroß, ein winziges Porzellanpüppchen . . . Es ist mir zuteilgeworden, ich hatte dieses Glück, ich habe es in meinem Stück Dreikönigskuchen gefunden . . .

Wer? Wer ist das? Wer ist er? . . . Seitdem er erschienen ist, haben sie nicht aufgehört, ihn ungeduldig zu beobachten, ihn zu mustern . . . Ans Licht mit ihm, damit wir ihn von allen Seiten beobachten können . . . die Indizien sind noch kümmerlich, noch nicht viel Substanzielles, aber vorerst wird man sich wohl damit begnügen müssen: diese hohe Stirn, eine Denkerstirn, der Mund, der schon eine gewisse Entschlossenheit andeutet, dieses Kinn . . . Hat dieses Kinn nicht etwas von . . . Nein, ihr werdet sehen, es ist ein Kinn, das, sobald es ausgeprägt ist, ein Kennzeichen der Willenskraft sein wird, der Virilität, denn, was das Virile betrifft, so besteht gar kein Zweifel, er ist ein richtiger Junge, und dabei hat er, seht nur die langen Wimpern, es ist wirklich schade, welche Vergeudung, wo doch so viele Mädchen . . . und seine Hände erst . . . sind euch seine langen, schlanken Pianistenfinger aufgefallen? . . . Ja, ihr könnt schon sagen, es ist ein großes Glück, ein Geschenk des Himmels, ein echter Schatz.
Und er dabei blind, taub, empfindungslos, genauso

wie dereinst, wenn sie ihn schließlich waschen, kleiden, auf den Rücken legen, seine Hände auf der Brust falten, ihn mit Blumen umgeben und seine hohe Stirn betrachten werden, auf der es dann keine Falten mehr gibt . . . Schaut nur, wie jung er aussieht, seine wohlgeformten Lippen, sein eigenwilliges Kinn, seine geschlossenen Lider, die von langen Wimpern gesäumt sind . . . Er hat wirklich nie schöner ausgesehen.

Aber warum so hoch greifen, warum so tief sinken, warum sich solchen Extremen zuwenden? . . . Von einem Ende des Lebens bis zum anderen immerzu ihre heimlichen Blicke auf ihm, immerzu dieses unhörbare Raunen um ihn herum.

Es ist so, als gäbe es zwischen ihnen ein unausgesprochenes Gebot, als hätten sie sich stillschweigend geeinigt, ihn in dem Glauben zu lassen, nicht gesehen zu werden, nicht in ihrem Gedächtnis zu bleiben, kein anregender Gesprächsstoff für sie zu sein, nie in ihren schönen oder schweren Träumen zu erscheinen, so daß er meist den beruhigenden Eindruck hat, sich unter ihnen wie jene Märchenfigur zu bewegen, die eine Tarnkappe trug.

Und plötzlich dieses rücksichtslose Wecken, dieses jähe Erwachen . . . Was ist geschehen? Seine Schutzkappe hat man ihm vom Kopf gerissen . . . Nun ist er bloßgestellt . . . er reißt die Augen auf . . .

Was ist denn das? das bin ich doch nicht . . . – Wie

bitte, Sie erkennen sich nicht? – Doch, doch, sicherlich ... Ich entdecke meine Gesichtszüge wieder, ich habe sie in Spiegeln gesehen, auf Filmrollen gebannt, aber nie sah ich ... nie ahnte ich ... Geben Sie zu, daß es mir nicht ähnlich ist ... – Ihnen nicht ähnlich? Ganz im Gegenteil, nur wenige Fotos von Ihnen haben wie dieser Schnappschuß erfaßt ... – Was erfaßt? Das da? – Wieso das da? – Diese geschürzte Lippe, diesen scheelen Blick ... Finden Sie nicht, daß ich auf diesem Foto den Anschein erwekke ... – Welchen Anschein? ... – Nun ja, ich weiß nicht recht ... den Anschein, grausam zu sein, heimtückisch ...
Er mustert ängstlich ihre Gesichter ... er findet nichts in ihren Blicken, nichts an ihrem amüsierten, etwas schelmischem Lächeln ... nichts, keinerlei Anzeichen, nicht die geringste Spur von Mißtrauen, von Widerwillen ... können sie es denn nicht sehen? ... Oder sind sie bei ihm vielleicht so an diesen Gesichtsausdruck gewöhnt ... Aber warum und wie ist es dann möglich, daß ich euch keine Angst einjage? Findet ihr nicht, daß ich auf diesem Foto den Anschein erwecke, ein ganz finsteres Individuum zu sein? Habe ich da nicht das Gesicht eines Freibeuters?
Sie ziehen die Köpfe ein, sie erschaudern, sie lachen ... – Es stimmt ja doch, ich hab es immer gedacht, man braucht ihn sich nur anzuschauen, es bedarf keiner Fotos, er jagt mir Angst ein, man braucht

ihn nur zu sehen, seid ihr nicht auch der Meinung, daß man ihm lieber nicht im Dunkeln begegnen möchte? . . . Und dann beobachten sie ihn mit ernster, etwas besorgter, erstaunter Miene . . . hat man vergessen, wie empfindlich er ist, er fällt auf jede Hänselei herein, mag sie auch noch so harmlos sein . . . Ah, er ist doch immer noch der gleiche, immer willens, sich zu erniedrigen . . . sich weh zu tun . . . Er möchte, daß man ihn aufmuntert, nicht? daß man ihn lobt . . .

Er spürt, wie sich in seinem Gesicht ein kindliches Lächeln ausbreitet . . . sie mögen ihn, das ist sicher, sie sind seine Freunde, sie kennen ihn, sie wissen genau, daß er so lauter wie Gold ist, daß er ein goldenes Herz hat, daß er keiner Fliege etwas zuleide tun könnte . . . Er schüttelt den Kopf, er lächelt sie an, er seufzt leise . . . Mein Gott, wie seid ihr doch dumm . . .

Über ihre kaum geöffneten Lippen kam es . . . ein Gemurmel, ein kaum wahrnehmbares Getuschel . . . – Sein Kinn wird immer länger, ja, ich fürchte, er kriegt ein vorspringendes Kinn, ein Galoschenkinn . . . – Ah, wie Onkel François . . . und sie verstummten . . . Ein Blick, ein Wink, der richtig verstanden wurde, hat sie warnen, sie zur Vorsicht anhalten müssen . . . Sie haben ihn wieder mit Schweigen umhüllt, sie haben ihm wieder die Zauberkappe aufgesetzt, die ihn glauben macht, nicht gesehen zu werden, als wäre an der Stelle seines Körpers, seines Gesichts eine Leere, die ihre Blicke durchqueren, wo sie durch nichts aufgehalten werden . . . nichts von ihm erreicht, nichts trübt die ruhige, undurchsichtige Oberfläche ihrer Augen.

»Sein« . . . Sie betrachten, sie beobachten aus einem gehörigen Abstand eine Gestalt, die er nicht zu sehen vermag, in die er eingesperrt wurde, in der er gefangen ist, auf die er beschränkt ist, durch die er begrenzt ist, durch die er abgesondert ist und die durch das Wort, das sie auf ihn anwenden, angezeigt wird, nämlich: »sein«.

Von dem, was sie sehen, hat sich etwas gelöst, etwas Hartes, Massives, ein Meteorit, der auf sie geprallt, in sie eingedrungen ist und dabei dieses Geraschel erzeugte, dieses Zischen . . . »Sein Kinn wird immer länger . . . Er kriegt ein Galoschenkinn . . .«

An dem Kopf, mit dem er nun ausstaffiert ist, in diesem, seinem Gesicht, das sich ebenso wie ihre Gesichter allen Blicken darbietet, springt es immer weiter vor, wird es immer länger, ein Kinn, dem das Wort »Galosche« aufgepfropft wurde . . . Galosche, Gosche, osche . . . die lasche, lässige, ekelhafte Endung klebt fest, lastet schwer, bläht auf, dehnt sich, zieht immer tiefer hinab und hebt mit Hilfe des G von Galosche in häßlicher Weise den geschwollenen Anhang hervor . . . Es ist unmöglich, es aufzuhalten, es zusammenzupressen, das wächst, das wird größer und größer werden . . . ein schwerer, fleischiger Auswuchs . . . Um das herum scharen sich, wie um das Einzelteil eines Puzzles, andere Teile, in das hinein fügen sich andere Teilstücke . . . das zwängt sich zwischen die geknickten Enden eines steifen Kragens . . . das hängt herab, das verdeckt beinahe ganz den Patentkrawattenknoten und wird von jenem Gesicht überragt, das er nie anschauen konnte, ohne sich abwenden zu wollen, von dem etwas pockennarbigen, feuchten, rosavioletten Gesicht, aus dem stets eine Befriedigung hervortrieft, auf dem sich eine anstoßerregende, abstoßende Genugtuung ausbreitet . . . Der große, etwas gekrümmte Körper ist mit einem schwarzen Anzug bekleidet . . . die behaarte Hand, die Finger mit den flachen, kurz geschnittenen Fingernägeln befummeln, streifen, streicheln seine Wange, seinen Hals . . .

Unerträglich, unmöglich . . . Das kann mir nicht widerfahren, mir doch wohl nicht? Das ist nicht wahr . . . Sag mal, ist das wahr, was ich gehört habe? Sie haben es geflüstert, und dann haben sie an sich gehalten . . . – Was hat mein kleiner Narr denn gehört? Was denn nur, sag es mir . . . Er verbirgt sein Gesicht in den Falten ihres Rocks . . . – Oh, etwas Schreckliches . . . Ich werde häßlich sein . . . Ich kriege nämlich, ich habe sie verstanden, weißt du was? . . . – Wie soll ich es denn wissen, mein Kindchen? . . . Ich kriege ein Kinn wie eine Galosche . . . die Silben ziehen sich von selber hin, sie verleihen dem Wort einen häßlichen Klang . . . Ja, wie eine Galllosche . . . Weißt du, wem ich dann gleichen werde? Onkel François . . . Sie hebt seinen Kopf an, den sie mit ihren Händen umfaßt, sie bannt in ihrem Blick sein ganzes Gesicht . . . – Weißt du, daß du närrisch bist, mein Liebling? . . . Zunächst einmal ist Onkel François sehr nett . . . Er ist nicht schön, der Arme, das stimmt, aber du gleichst ihm nicht . . . – Ich kriege aber sein Kinn . . . ich kriege ein . . . – Wo hast du das nur wieder her? Du hast es nicht hören können, du hast es dir sicher eingebildet . . . Ich sollte es dir nicht sagen, sowas sagt man nicht zu einem Kind . . . Aber du bist eigentlich hübsch, mein Häschen, du kannst sicher sein, alle sagen es mir . . . Du hast eigentlich Gesichtszüge, die ganz regelmäßig, ganz ebenmäßig sind . . . – Ebenmäßig? Ebenmäßig? Wirklich? . . . E-ben-mä-ßig . . . jede Silbe: klar, knapp, leicht; keine, die schwerer wäre als die anderen, könnte ziehen, zerren . . . das ist unaufdringlich und zutreffend, nur ein paar kurze, leichte Schläge und Schluß . . . e-ben-mä-ßig. Nichts Weiches, Lässiges, Fleischiges, Schlaffes, nichts, das

schwillt, das dicker wird . . . Nichts, das überlappt, das den Blick anzieht, durch das er gefangen und veranlaßt werden könnte, sich ganz zur Schau zu stellen, wie das bei anderen passiert, vor aller Augen. Aber bei ihm ist alles ebenmäßig. Regelmäßig. In Ordnung. Den Erfordernissen, den Gesetzen gemäß. Es ist nichts dagegen zu sagen. Nichts darüber zu sagen.
Schaut nur, wenn ihr wollt. Ihr werdet jedoch nichts sehen, was euch interessieren könnte, die gewissenhaftesten Zollbeamten werden nichts entdecken können, was nicht genehmigt ist, nichts, was den ruhigen Grenzübergang verhindern könnte.

Sein Name. Er hat ihn deutlich vernommen. Seinen Namen, wie ein Klicken hinter seinem Rücken, und dann eine Salve Schrotkügelchen: Nicht intelligent? Meinst du das wirklich? . . . – Ich bin ganz sicher. Begabt, das wohl, aber nicht intelligent. – Ja, mag sein, eigentlich . . . Er hält inne, er wankt, er ist schwindlig, er wird in Ohnmacht fallen . . . aber sie erwischen ihn wieder . . . – Ah, endlich wartet er auf uns . . . Du loser Bursche, du Spinner, du. Wir haben nämlich Mühe, dir zu folgen, du rennst ja vor uns her wie ein Wiesel . . .
Im ersten Moment: keinerlei Schmerz, nur diese

Schwäche und ein unbekanntes, sonderbares Gefühl, das Gefühl, das Leute, die mit einer Rückenmarkverletzung auf dem Boden liegen, vermutlich haben, wenn sie aufstehen wollen und merken, daß ihre Reflexe ausbleiben, daß ihre Beine gelähmt sind . . . ein lebenswichtiger Punkt in ihnen muß getroffen worden sein.

Die Mitte. Der geheime Ort, wo sich der Generalstab befand und von wo aus er, als Oberkommandierender angesichts der ausgebreiteten Landkarten die Geländeformen prüfend, die Meldungen anhörend, Entscheidungen fällend, die Gefechtstätigkeit leitete. Eine Bombe hat ihn umgeworfen . . . er wurde zu Boden geschleudert, seine Rangabzeichen sind abgerissen, er wird geschüttelt, gezwungen aufzustehen und weiterzugehen, er wird mit Kolbenhieben, mit Fußtritten vorangetrieben, in den grau aussehenden Haufen der Gefangenen, die alle die gleiche Kleidung tragen, die alle der gleichen Kategorie zugeordnet wurden: den Dummköpfen.
Es ist nicht möglich, sich zu verteidigen oder gar zurückzuschlagen: er hat keine Waffe mehr. Es ist nicht möglich zu entfliehen, es gibt keine Zuflucht mehr, wohin er auch immer entweichen mag, er wird wieder eingefangen werden.

Und es hat begonnen . . . es ist wie eine Bewußtseinsspaltung . . . Ein Teil von ihm, der sich anstrengt, zu überleben, löst sich, spaltet sich ab, schleppt sich zu ihnen hin . . . versucht, sich auf ihre Höhe emporzuarbeiten, durch ihren Feldstecher zu blicken, die Gläser richtig einzustellen . . . Ja, ich sehe, ich sehe sehr gut . . . es sind Veranlagungen, Talente, Gaben. Ich bin recht begabt . . . Aber von da aus gleich . . . ja, ihr habt recht . . . Sowas zeugt nicht gleich von Intelligenz . . . Nein . . . aber man kann mich doch nicht mit den anderen verwechseln, von denen man sagt, daß sie . . . – Nun hört ihn euch an, es ist wirklich ein merkwürdiger Fall . . . Er erkennt selber an, daß . . . Es ist interessant, es verdient, näher betrachtet zu werden . . . – Ah, seht ihr wohl, ich bin kein hoffnungsloser Fall . . . Ich könnte vielleicht eine Revision erreichen . . . oder eine Rehabilitation? – Ach was, wie denn nur? Der Unglückselige versucht, uns zu täuschen. Wie ein Papagei wiederholt er, was wir sagen. – Nein, das ist nicht richtig, ich habe Abstand gewonnen seit dem Augenblick, in dem ich erfuhr, daß . . . Es war ein harter Schlag. Eine Offenbarung. Aber seitdem . . . – Was seitdem? – Seitdem sage ich mir, sobald ich denke und immer, wenn ich mir ein Urteil erlaube . . . ich sage mir dann: das kann es nicht sein . . . Kurzsichtigkeit, Urteilsschwäche . . . Unvermeidlich, da ich ja nicht intelligent bin. Es gibt hier also, erkennt es doch an, eine Parzelle von mir, die bewahrt wurde, ein wenig lebendiges Gewebe, das heil geblieben ist, das man vielleicht pflegen, sich entwikkeln lassen kann und mit dem es mir gelingen wird, das Übrige abzustoßen . . . – Es ist wirklich rührend . . . Solche Bescheidenheit ist selten, solche Hellsichtigkeit . . . – Solche Hellsichtigkeit? Nun fängst auch du an, mich zu beunruhigen . . . Wie soll das möglich sein? Freilich, mit unserer Hilfe, von uns angetrieben und unterstützt, uns gefügig und hörig gemacht, gelingt es ihm vielleicht, ohne recht zu wissen warum, nur dadurch, daß er, ohne es zu begreifen, sich immer wieder sagt »Ich bin nicht intelligent«, sich diese Tatsache selber einzureden und sich entsprechend in acht zu nehmen . . .

Es erscheint, da, draußen . . . und dann hier und auch dort . . . wie kleine Funken, wie kleine Lichtpunkte, die auf der unermeßlichen dunklen Masse aufleuchten . . . Von einem zum anderen verläuft eine Linie . . . verschwindet . . . ist wieder da . . . eine noch undeutliche Gestalt zeichnet sich ab . . . da, nun zeigt sie sich deutlicher . . . – Was machst du? – Wer? . . . – Na, du! – Ich? Ach ja, ich war nicht mehr bei der Sache . . . – In der Tat, du hast dich gehenlassen . . . Komm wieder zu dir . . . Du weißt, was du da gerade machtest? Du weißt, wie man sowas nennt? – Ich betrachtete . . . seht ihr . . . da und dort . . . sowas wie leuchtende Punkte . . . und von einem zum anderen ... – Ja, es ist genau das, was wir dir sagten: du dachtest dir was, stell dir das mal vor. Du hingst deinem Gedanken nach, so nennt man das. Er gefiel dir, nicht wahr? Du bewundertest ihn? Nur zu, leugne es nicht, du sahst ganz fasziniert aus, ganz selig ... – Das heißt, mir schien nämlich ... – Gewiß, es ist grausam, darauf zu pochen ... in der engen, flachen Welt, in der er eingeschlossen ist ... Im Königreich der Blinden ... da ist ein kleiner Gedanke, eine Idee, zu der es bei ihm gerade reicht ... er fand den richtigen Schuh für seinen Fuß ... seinen armen, mißgebildeten Fuß ... Sein kleines Gehirn, aus dem die Ideen stets wehrlos hervorgehen ... Sein Gehirn, das nur totgeborene Ideen in die Welt setzen kann, die durch sein Blut genährt wurden, durch sein zähflüssiges, verbrauchtes Blut ...

Sie nicht mehr sehen! ... Sobald sie auftaucht, sich von ihr abwenden! ... Verhindern, daß dieses kümmerliche, schwächliche Gebilde von neuem entsteht ...

– Woran denkst du? – An nichts. – Wenn du dich sehen könntest ... Du sitzt da, ganz bedrückt ... Du wirkst auf mich seit einiger Zeit ganz sonderbar, wie abwesend, etwas verstört sogar ... Was hast du nur? – Hör mal, da du es gerade erwähnst ... Ich möchte dich fragen . . . Nein, lieber nicht, es ist ganz lächerlich, ich bin blöd . . . – Ah, das ist ganz sicher. Aber sag' doch, was ist es? – Nun gut, hör zu . . . Ich möchte, daß du mir offen sagst . . . Nein, es ist zu dumm . . . – Frag mich nur, was ist los? – Nun ja, du wirst dich über mich lustig machen, aber seit einiger Zeit meine ich . . . sobald ich denke . . . – Du denkst? . . . Gutmütiges Lächeln, das die Hängebacken auseinanderdrängt . . . Du denkst? Was du nicht sagst! . . . – Mach dich nicht über mich lustig . . . Es ist ernst, ernster als du glaubst . . . Sobald ich denke . . . – Entschuldige meine Zudringlichkeit, aber, sobald du an *was* denkst, an was? – Eben, das ist weniger wichtig . . . an irgend etwas . . . Wenn mir nur irgend etwas einfällt, eine Idee . . . – Eine Idee, alle Achtung! Es war, glaube ich, Einstein, der mal gesagt hat: Wissen Sie, wenn etwas selten ist, dann sind es die Ideen . . . – Oh, sei still, ich bitte dich darum . . . – Gut, gut, Scherz beiseite . . . Also, du hast eine . . . ich heiße sie jedenfalls willkommen, das werde ich doch wohl sagen dürfen? . . . .du hast also eine Idee . . . Mach doch nicht ein so tiefbetrübtes Gesicht . . . – Ja, ich habe eine, sie regt mich an, sie gefällt mir . . . – Immer bescheiden . . . – Ja, ganz bescheiden. Ich zähle dabei nicht . . . da ist nur sie . . . um sie allein kümmere ich mich, ich vergesse mich ganz dabei . . . nun, du weißt ja . . . – Gut, und was dann? – Dann bin ich plötzlich wie jemand, der zurückgerissen wird . . . ich gehe, wie man sagt, in mich. Ich komme wieder zu mir . . . Und ich erkenne . . . ich . . . ich hatte vorher nie darauf geachtet . . . Ich bin nicht intelligent . . . Sie also auch nicht, was unausbleiblich ist . . . und um mich herum ist alles verseucht, verstehst du . . . – Hast du schon lange damit zu tun? – Oh, seit einiger Zeit . . . – Aber warum dann plötzlich dies? Woher hast du diese Idee? – Welche? – Nun ja, die Idee, du seist nicht intelligent. – Oh, die ist ausgerechnet nicht von mir . . . das wäre eher beruhigend gewesen . . . denn mir scheint alles, was ich denke, völlig belanglos zu sein . . . Es ist mir unmöglich, einen Ausweg zu finden, ich bin eingeschlossen . . . Du allein, du kannst . . . Du bist ja draußen . . . ich würde niemand anders darum bitten . . . – Du kleiner Gauner, du weißt genau, daß ich wie La Fontaines Eule bin: meine Jungen sind »gar hübsch und wohlgebaut« . . . Nein, im Ernst, mir scheint, daß, wenn man die Resultate kritisch betrachtet . . . – Aber sowas ist, wie du weißt, kein Beweis . . . Ich habe zwar einige Gaben . . . Aber ich spreche von der Intelligenz. Begabt bin ich wohl, sie haben es anerkannt, aber nicht intelligent . . . Ich habe alle gehört . . . – Was »alle«? Jetzt mache ich mir aber Sorgen um dich . . . Woher kamen diese Stimmen? Wer hat es gesagt? . . . – Nein, keine Angst, ich bin noch nicht verrückt, noch nicht ganz, ich spinne vielleicht manchmal ein wenig, aber so doch nicht . . . Es war wirklich so. Ich habe es mit

meinen eigenen Ohren gehört . . . als ich mit Schulkameraden spazierenging . . . und sie kennen mich sehr gut . . . ich habe meinen Namen gehört . . . ich ging vor ihnen her, sie glaubten, ich könnte sie nicht hören . . . Einer von ihnen hat es gesagt, ohne daß die anderen widersprachen . . . (lediglich: »Ah, meinst du? Ja, mag wohl sein, eigentlich . . .«), er sagte im Brustton der Überzeugung: »Er ist begabt, das stimmt schon, aber was die Intelligenz betrifft, nein, er ist bestimmt nicht intelligent« . . . Und seitdem, versteh mich bitte, bin ich befangen, meine Gedanken kreisen um mich selber . . . Zuweilen stellt sich eine Idee ein . . . sie zieht mich an, saugt mich an, ich entwische mir, fliehe zu ihr, nach draußen . . . und dann überkommt es mich wieder: »nicht intelligent« . . . sie zieht sich zusammen, alles um mich herum schrumpft . . . es ist die lebenslängliche Haft, ich bin für immer eingesperrt.
Er fühlt, wie man sanft auf seine Schulter klopft. – Nur Mut, nur Mut, mein Kleiner, sowas kann jedem passieren, in deinem Alter . . . Auch ich hab' als Heranwachsender solche Krisen durchgemacht, du wirst sehen, das geht vorüber . . . – Meinst du? Dann ist es also nicht wahr? Du glaubst es jedenfalls nicht? – Ich glaube, daß du dir zuviel Gedanken über das machst, was du bist oder nicht bist. – Aber, weißt du, das tu' ich erst jetzt. Vorher dachte ich nie daran. Ich war nichts, ich war draußen, darüber hinaus oder das Gegenteil, bis zu dem Moment, in dem sie sich

meiner bemächtigt haben . . . Ich bin an Händen und Füßen gebunden . . . – Wie kannst du nur? Wie kann man sich nur in solche Zustände versetzen . . . den Kopf schüttelnd, vor sich hinschauend, als spräche er zu sich selber . . . Es ist ja doch irrsinnig, sich dermaßen beeindrucken zu lassen von einigen, die nichts anderes sind als kleine Dummköpfe.

»Kleine Dummköpfe« . . . wie aus der Pistole geschossen, schlagfertig antworten. Paroli bieten. Jemandem mit gleicher Münze heimzahlen. Den Spieß umdrehen. So nennt man das. Es ist auch das, was man eine Retourkutsche nennt. Noch manche andere Redensarten könnten wahrscheinlich zu diesem Verfahren passen, das schon im Kindergarten mit Erfolg angewandt wird: »Wer so was sagt, ist selber dumm!« . . . Der Schlag prallt ab, der Angreifer ist betroffen, es steht null zu null, man trennt sich, beschwichtigt, man geht, die Hände in den Taschen, auseinander.
So, die Sache ist erledigt, man brauchte nur daran zu denken . . . Nein, nicht für ihn, für ihn hätte es nicht genügt, daran zu denken, es war übrigens ausgeschlossen, daß er daran dachte. Jemand, der viel stärker war, mußte seinen Käfig öffnen, ihn beim Wickel packen, ihn herausziehen und dann die bösen Schlingel schnappen und an seiner Stelle einsperren . . . Schau sie dir an, hab keine Angst mehr, sie können

dir nichts mehr zuleide tun. Sie sind für immer außerstande, Schaden anzurichten . . . Aber es ist unbedingt nötig, daß du dich zu wehren verstehst. Man muß lernen, sie zu erkennen, man muß ihnen nachsetzen. Zögere nie, sie zu schnappen, sobald sie die Nasenspitze zu zeigen wagen . . . Siehst du sie? Das sind Dummköpfe.

Was ist denn das? Zeigt her, das ist ja verblüffend, man muß es von nahem betrachten . . . – Von nahem betrachten, diesen Unsinn? – Unsinn . . . O nein, das nicht, nicht Unsinn . . . – Gut, also dann eine Idiotie, eine Torheit, ein törichter Einfall, eine Dummheit . . . – Nein, nein, nichts von alledem, weg damit, das stört, das schiebt sich nur dazwischen, das verdeckt das Ganze . . . man kann nichts mehr unterscheiden . . . Lassen Sie es mich untersuchen . . . – Sie haben wohl Zeit zu verlieren . . . – Ja, habe ich, oder vielmehr nein, denn sie wird nicht verloren sein . . . Man muß unbedingt jedem Wort die gleiche Chance geben, jedes mit der gleichen Aufmerksamkeit aufnehmen . . . seine Kräfte nicht schonen, sich selber nicht schonen . . .

So, ich packe es, ich halte es fest, ich drücke darauf . . . Es gibt nicht nach . . . Ich drücke nochmal darauf, ich presse es . . . etwas kommt daraus hervor, sprudelt daraus hervor . . . Man möchte meinen, etwas, das aus einem Zerstäuber spritzt . . . es besprengend, es verdeckend, aber das Spritzen verdeutlicht hier und auch da . . . etwas wie verhärtete kleine Inseln, die von einem grellbunten Firnis überzogen werden . . .

Rundherum bewegt sich alles, wogt alles, zerfließt alles, verwandelt sich, schillert . . . lauwarme, schaumige Wellen . . . Sie werden sich immer wieder an das heranwälzen, es unterspülen . . . sich über alles ergießen . . .

Allmählich nimmt die Verhärtung zu . . . Alles erstarrt . . . Es ist etwas Eingefriedigtes, keine einzige Öffnung, kein einziger Riß in den Wandungen, ich renne dagegen an, ich laufe im Kreis herum . . . Stimmen, die stur klingen wie die entnervenden automatischen Antwortanlagen, wiederholen immer wieder die gleichen . . . – Die gleichen was? Die gleichen Dummheiten? – Nein, das werde ich nicht sagen . . . Aber ich kann sie nicht mehr ertragen, man muß sie unbedingt zum Schweigen bringen, sie übertönen . . . Er schreit . . . seine Stimme hat, als habe sie sich angesteckt, den gleichen metallischen Klang, den gleichen engstirnigen, sturen Ton, sie wiederholt automatisch: »Es ist falsch. Was Sie sagen ist falsch. Falsch. Falsch. Es ist nicht wahr. Man braucht nur um sich zu schauen . . .« Aber alles rundherum ist hart, kitschig-glitzernd, verschlossen. Ringsherum wiegen sich Köpfe auf ihren Gliederpuppenhäl-

sen . . . ihre schmetternden Stimmen erschallen aus ihren weit offenen Mündern . . . ihre Gesichter, ihre Augen triefen von der Befriedigung der Gewieften, die begriffen haben, die wissen, was geschieht.
Seine Entrüstung läßt ihn aufbegehren, er möchte sie durchrütteln, die dort eingeschlossenen kleinen Schallplatten zerbrechen, die pausenlos deklamatorisch wiederholen . . . Aber er hat das Gefühl, ganz steif zu sein, wie versteinert . . . Die Worte, die aus seinem Munde kommen, scheinen ebenfalls von einer Platte zu erschallen. Sie ertönen wie von fern, gleich jenen, die um einen herum gesprochen werden, während man einschlummert . . . »Was ihr da sagt, ist Unsinn. Es ist albern. Töricht. So was sagen die Dummköpfe.«
Ah, so geht es besser. Seht ihr, wenn man gegen so was angehen will, kann man eure viel zu feinen, viel zu empfindlichen Instrumente nicht gebrauchen, sie sind wirkungslos gegen die Dummheit . . .

Er kommt wieder zu sich, er blickt um sich herum . . . – Was habe ich denn getan? – Sie haben nur ganz brav und sehr vernünftig gesagt, das sei eine Torheit, eine Albernheit, Sie äußerten: »So was sagen die Dummköpfe.« – Ich habe das doch nicht gesagt? – Doch, doch, Sie haben es gesagt. Sie haben genau gemerkt, daß man nicht umhin kann. Es ist das einzige wirksame, unaufwendige, einfache und prompte

Mittel . . . Dafür haben wir unlängst einen sehr schönen Beweis gehabt. Er sollte Ihnen eine Lehre sein. Er wurde wahrlich – muß man schon sagen – meisterhaft geliefert. Einer unserer Meister, und zwar einer der größten, hat das ausfindig gemacht, eine jener ganz weichen, ungreifbaren Ideen, er hat sie herausgearbeitet, er hat sie zusammengepreßt, was ihm stets so gut gelingt, er hat sie in wenige Worte gefaßt, sie mit Anführungszeichen versehen, und ohne weiteres, ohne noch daran zu rühren, ohne zu riskieren, sich schmutzig zu machen, ohne zu geruhen, wertvolle Augenblicke zu verlieren, hat er sie mit dieser simplen Warnung versehen: »sagen die Dummköpfe« . . .
Wie komisch Sie doch sind . . . Wenn Sie sich selber sehen könnten . . . Ihre verdutzte Miene . . . – Es gibt ja Grund genug dazu . . . Aber das ist doch ein Scherz? Er hat das doch nicht sagen können? – Er hat es sogar schwarz auf weiß geschrieben, Sie hätten es mit eigenen Augen lesen können . . . Er hat sich einer Idee bemächtigt . . . – Welcher Idee? – Oh, ich weiß nicht mehr . . . eine Ungereimtheit . . . er hat sie zusammengefaßt, und dann anschließend äußerte er nur diese drei Worte: »sagen die Dummköpfe«. Das war alles, und glauben Sie mir, es reichte. Was mich jedoch wundert, ist Ihre Verwunderung . . . – Ja, ich kann es nicht fassen . . . Wie ist es möglich? Wie hat er es sich erlauben können . . . – Es sich erlauben können? Er? Wissen Sie überhaupt, von wem

Sie sprechen? Haben Sie vergessen, wer er ist? Er ist der Intelligenteste. Er ist die menschgewordene Intelligenz. Jeder weiß es. Das sticht einem in die Augen. Es ist unbestreitbar. Das ist bekannt und wird in der ganzen Welt bewundert. Wie unsere schönsten Baudenkmäler. Wie Notre-Dame, der Triumphbogen, das Pantheon ... Und Sie erkühnen sich ... Wer sind Sie denn eigentlich? das frage ich Sie ... – Ja, wer? das frage ich mich auch ... ach was, es stimmt nicht, ich weiß es seit jeher ... ich bin nichts ... niemand, man denke nur ... ein Vakuum, ein Sog ... Ich flehe Sie an, finden Sie es wieder, geben Sie es mir, lassen Sie es mich absorbieren ... – Was denn nur? – Den Gedanken, dessen er sich bemächtigt hat ... die Idee ... Ich brauche nur sie, sie allein, von ihrem Ursprung getrennt ... – Von welchem Ursprung? – Nun ja, vom Sender, den er geortet hat, den er angezeigt hat ... Ich will sie für sich allein, im Reinzustand ... ohne Erbsünde, ohne Schimpf und Schande ...

Ohne »sagen die Dummköpfe« ... Nur ja nichts dergleichen. Wie kann man es wagen? Wie kann man sich so was erlauben? Es ist eine Unverschämtheit. Es ist ein schändlicher Schwindel. Die Würfel sind gefälscht. Die Karten sind gezinkt. Durch ihn, dort drüben, sehen Sie ihn? Er ist ein Falschspieler. Er ist ein Hochstapler. Ein Verräter. Er hat Verrat geübt ... – Verrat? An wem? An den Dummköpfen? –

Nein, nicht an denen, um die geht es nicht. Ich habe keine Zeit, sie zu verteidigen. Und außerdem gibt es gar keine.
Von allen Seiten erschallt Gelächter . . . – Hört ihr ihn? Es gibt gar keine Dummköpfe! – Moment mal . . . Vergessen Sie das, es ist keine Sekunde mehr zu verlieren, der Verräter hat einen schrecklich bedrohlichen Druck ausgeübt auf . . . auf . . . – Auf was denn nur, Herr des Himmels? – Auf das Wesentliche . . . aber das macht nichts, Sie können das nicht verstehen . . . Ich bitte Sie nur darum, mich es aufnehmen zu lassen . . . ja, das, was die gesagt haben . . . es mich empfangen zu lassen . . . Mein Gedächtnis steht allen offen, jeder kann dort etwas in Verwahrung geben, ohne daß die geringste Spur von seiner Identität erkennbar bleibt . . . ohne den geringsten Makel an seinem Leumund . . . es ist wie bei der Öffentlichen Fürsorge . . . Jeder kann hier beitragen, ohne Verantwortung auf sich zu laden, ohne irgendeine Vaterschaftserforschung befürchten zu müssen . . . man wird sich darum kümmern . . . geben Sie es mir . . . ja, das, worüber er mit seiner unerschütterlichen Selbstsicherheit, ohne daß jemand dagegen zu protestieren wagt, erklärt hat . . . er erweckt so große Furcht, er übt so schlimmen Terror aus . . . das, wovon er frech behauptete, alle, die es sagten, seien . . . entschuldigen Sie mich, ich kann nicht, es ist eines jener Wörter, die ich nicht zu gebrauchen wage . . . – Oh, seht nur, was für ein

frommer Mensch . . . sie lachen schallend . . . Er wagt es nicht, andere zu schmähen . . . Seht ihn, wie er sich den Mund zuhält: o nein, niemals . . . Sein Glaubensbekenntnis verbietet es ihm . . . – Jawohl, mein Glaubensbekenntnis. – Nun ja, es ist genau das, was wir sagen: Seht, sein Glaubensbekenntnis verbietet es ihm, frevelhafte Wörter auszusprechen wie diese: die Dummköpfe . . . sogar wenn er über jene spricht, die sagen . . . – O ja, die was sagen? Was?

Da ist es also. Es stellt sich ein. So was nennt man einen Gedanken. Eine Idee. Eine Meinung. Aber wozu diese Namen. Alles, was hierher kommt, hat Anspruch auf die gleiche Beachtung . . . Es möge hereinkommen und sich niederlassen . . .

Es ist dabei, sich auszulassen . . . Es nimmt den ganzen Platz ein . . . Und er spürt, wie etwas sich ausbreitet, ihn ausfüllt, ein süßlicher, widerlicher Geruch . . . wie die Gerüche, die aus den Gullys oder von faulenden Abfällen aufsteigen . . . – Aha, sie verziehen das Gesicht, sehen Sie, das erregt Übelkeit . . . Warum es in sich aufnehmen, sich davon durchdringen lassen, wo es doch ein leichtes ist . . . Sie können sich dessen im Nu entledigen, Sie brauchen es nur so zu machen wie wir: sobald es sich einstellt, es bloß kurz und scharf anblicken und zurückweisen: so was denken die . . . oder richtiger –

denken, wenn von denen die Rede ist, das fehlte noch – so was sagen die Dummköpfe. – Nein, nicht um diesen Preis, ich weigere mich, ihn zu zahlen. Ich kann das nicht . . .

In sich selber diesen Widerwillen unterdrücken, sich bemühen, so was zu untersuchen, wie jene es tun, die Speichel und Auswurf analysieren und Leichen sezieren. Aber das läßt einen doch eher an Obst denken, an eine Frucht, die minderwertig ist . . . schon beim ersten Bissen hat man das Gefühl, die Mundschleimhäute zögen sich zusammen . . . Wie übel das schmeckt . . . Es kommt aber nicht in Frage, es auszuspucken . . . Er versucht, es zu zerkauen . . . und er spürt, wie alles in ihm sich zusammenzieht, zusammenschrumpft . . . es ist Gift . . . seine Glieder schlafen ein . . . sie sind wie gelähmt . . . er möchte aufstehen, möchte rufen . . . aber um ihn herum ragen wieder jene mit kitschig-glitzernden Farben bekleckten Wände empor . . . ausweglos . . . er ist in einem hermetisch verschlossenen Gehäuse eingesperrt . . . er vernimmt kurze, erregte Schreie: Seien Sie zufrieden, Sie sind in einen geheimen Raum eingeführt worden . . . Hierhin gelangen nur Eingeweihte . . . Er versucht krampfhaft, sich zu bewegen, zu schreien . . .
Aus sehr weiter Ferne dringen Rufe zu ihm: Sie haben sich erwischen, sich einsperren lassen . . . Sie

sind bei denen . . . deren Gefangener . . . Sie sehen diese erfreuten Gesichter, die vor Bewunderung leuchtenden Augen, die voller Stolz ihr eigenes Machwerk anstarren, diesen häßlichen Tand . . . Sie selbst können es nicht leugnen, es sind deren Gesichter, die erkennen Sie doch . . . Um sich von ihnen loszureißen, müssen Sie . . . nur zu, sagen Sie es, es ist das einzige Mittel, ihrer Herr zu werden . . . Sagen Sie deutlich die Worte, die Sie erlösen werden . . . Sprechen Sie uns nach: Genau das sagen die Dummköpfe.

Nein, von ihr, von ihr allein muß ich mich befreien . . . von ihr, die sich in mir ausbreitet und mir solche Sinneseindrücke, solche Sinnestäuschungen verschafft . . . Sehen Sie, ich nehme alle Kraft zusammen, ich ergreife sie, ich halte sie fest . . . Die Wände weichen auseinander . . . sie werden rissig . . . sie brechen zusammen . . . Wir sind erlöst, draußen, mitten in all dem Beweglichen, Schimmernden, Bebenden, Schillernden, Nuancierten . . . Im Freien. An der frischen Luft . . . eben dort, wo diese mumifizierte Sache . . . (durch welchen Trick, welchen Schwindel gelang es ihr nur, den Namen Idee zu usurpieren?) . . . wo diese Mumie zerfällt, sich auflöst . . .

– Sie zerfällt? Sie löst sich auf? Sie hoffen, ihnen das zu zeigen? – Wem denn? – Nun, denen, wem denn

sonst, den Dummköpfen . . . Sie wissen doch, daß die immer da sind . . . Sie sind der einzige, der sich weigerte, sie zu sehen . . . die haben es sich bequem gemacht in ihrem gemütlichen, abgedichteten Gehäuse, das nach ihrem Geschmack ausstaffiert ist, sie sind davon überzeugt, sich am geheimsten Ort, im Mittelpunkt der Welt zu befinden, während wir durch eigene Schuld ausgeschlossen sind, wir Unwissenden, wir Geprellten, die wir ahnungslos an der Nase herumgeführt wurden . . .
Sie sehen ja, wie von allen Seiten jene auf sie zueilen, die ihnen gleichen, sie sind zahlreich, sie drängen sich, sie schubsen sich vor diesem Etwas, vor dieser Reliquie, diesem Gegenstand der Andacht . . . sie werden sich eng darum zusammenschließen, es beschützen, sie werden nicht mehr davon abzubringen sein . . .
Schnell, schnell, Hilfe, Hilfe, man muß warnen: Achtung, nicht näher heran, es ist hochexplosiv . . . Man hat nicht die Zeit, es zu entschärfen, es muß mit Verbotstafeln umgeben werden, mit Schildern, auf denen das Wort geschrieben steht: »Vorsicht« . . . Damit alle, die es ablehnen, die Warnung zu berücksichtigen, genau wissen, was sie erwartet: sie werden Dummköpfe sein.
Glauben Sie uns, Sie haben keine Wahl, es ist ein Problem der Selbstverteidigung, nicht nur der Selbstverteidigung, es ist für alle eine tödliche Gefahr, es ist für die ganze Menschheit eine schreckliche Bedrohung, Sie dürfen nicht länger zögern.

Dummköpfe. Die Dummköpfe. Nur Dummköpfe. Es ist nicht zu glauben. Er da hat das gerade gesagt. Er selbst. Aus seinem eigenen Munde kam das befremdliche Wort: Dummköpfe.

Diese Leute da, schauen Sie hin, ich zeige sie Ihnen, schauen Sie sie sich gut an. Sehen Sie, es sind Dummköpfe. Da sind sie. Sie heißen so. Sie sind da, vor uns, bewegungsunfähig. Sie sind ganz steif . . . gleichsam leblos . . . Sie sind sorgfältig eingewickelt, mit Binden umwunden, auf ihre Gesichter wurden bemalte Masken gelegt . . .

Aber allmählich, da man sie aus nächster Nähe betrachtet . . . haben Sie da nicht auch so ein Gefühl . . . Sie erkennen es nicht wieder? Es ist das gleiche wie vorhin . . . Man fühlt sich sonderbarerweise betäubt, erstarrt . . . es ist wie der Anfang eines Erstickungsanfalls in verbrauchter Luft, in einem luftdicht abgeschlossenen Raum . . . Wir waren mit ihnen eingesperrt worden . . . mit diesen Mumien . . . es ist ein Grab, ein Sarkophag . . . und wir selber . . .

Man muß sich von hier losreißen, ich muß nach drüben zurück, von wo Sie mich fortgezogen haben, indem Sie mir drohten, mir Furcht einflößten . . . Ich kehre dahin zurück, folgen Sie mir, ich bin wieder hier, kommen Sie doch wieder zu mir . . . dahin, wo alles lebt, sich bewegt, sich regt, sich verwandelt . . . Man sieht hier keine . . . – Was? Dummköpfe? Für wen halten Sie uns wohl? Meinen Sie, wir sähen diese

Falltür nicht, die Sie gerade vor uns entriegelt haben? Glauben Sie, es gelänge Ihnen, uns in unserer eigenen Falle zu fangen? Sie machen den tollkühnen Versuch, uns zugeben zu lassen, daß diejenigen, die von anderen sagen: »Das sind Dummköpfe« selber welche ... das ist es doch? Das ist es, was Sie uns zu verstehen geben wollen, nicht wahr? wir selber würden zu ...

– Wahrhaftig, Sie zwingen mich dazu, Sie fordern mich dazu heraus, bei soviel Engstirnigkeit, soviel Blindheit und Unaufrichtigkeit ... Ich muß auf der Hut sein, ich muß mich mit aller Gewalt zurückhalten, um Ihnen nicht beizupflichten, um Ihnen nicht ins Gesicht zu sagen: »Ja, es stimmt, diejenigen, die über andere sagen: Das sind Dummköpfe ... sind selber ...« Aber seien Sie unbesorgt, ich werde es nicht tun. Wenn ich es sage, fühlen Sie sich wieder wie vorhin, wie Zusammengeschrumpfte, Abgezehrte, die an einem unheilvollen Ort voller mumifizierter Leichen ersticken ... Sie sehen es ja, ich war auch da. Sie haben gesehen, wie es geschehen ist? So was kann jedem zustoßen ... mir ebensogut wie Ihnen. Sie haben es ja gesehen: derjenige, der sogar geschrieben hat: »sagen die Dummköpfe« ... Sie wissen genau, daß, was er auch immer anstellen mag, niemand je auf den Gedanken kommen würde, diese Bezeichnung auch auf ihn ...

Sie schauen einander ganz bestürzt an ... – Oh, auf ihn! Gott bewahre ... Von ihm zu sagen ... Wer

würde je so hirnverbrannt sein . . . – Beruhigen Sie sich . . . ich jedenfalls nicht . . . Und doch verdiente er es . . . Aber nie werde ich, obgleich er die Stirn hatte, »sagen die Dummköpfe« nicht nur auszusprechen, sondern sogar zu schreiben und drucken zu lassen, nie werde ich mich dazu hinreißen lassen, solche Verfahren anzuwenden und ihn derart zu verunglimpfen . . .
Er hat diese Wörter in einem Moment des Überdrusses, der Erbitterung niederschreiben müssen, als er sich dem genähert hatte, als er spürte, daß davon dieser verdächtige Geruch ausging . . . Er hat verhindern wollen, daß andere daran rührten und angesteckt würden . . . wie ich vorhin, als Sie mir den Schrecken einjagten . . . Er wollte es mit elektrischem Stacheldrahtzaun umgeben, er wollte jene bedrohen, brüskieren, hart anfassen, anprangern, der Schande ausliefern, dem Spott preisgeben, die sich dessen bemächtigen und es verbreiten . . . Er hat unvorsichtigerweise sehr gefährliche Mittel angewandt und, wie Sie gemerkt haben, riskiert, selber hereingelegt zu werden, und zwar hier, jetzt, durch mich, und mit diesem Namen Personen zu bezeichnen, die . . . Aber haben Sie keine Angst, ich werde der Versuchung widerstehen . . . es gibt nichts mehr, was mich dazu verleiten könnte, diese Vogelscheuchen für Gimpel aufzustellen . . .
Er hört Gekicher, Geflüster . . . – Für Gimpel? Es gibt demnach unter uns, die wir Ihrer Meinung nach

alle gleich sind, einige, die Sie für Gimpel halten? – Ach ja, Entschuldigung, Sie haben recht, sehen Sie, ich habe mich geirrt, ich habe mich versprochen, Sie müssen mir verzeihen . . . Wenn mann es so betrachtet, war ich vorhin einer, ein furchtsamer Gimpel, als Sie es mir vorgehalten haben, als ich mich fangen ließ, als ich meinerseits . . . – Als Sie, auch Sie sich herbeiließen, das Wort »Dummköpfe« in den Mund zu nehmen? – Ja, ich war so leichtfertig . . . Sie sehen, daß keiner ganz dagegen gefeit ist . . . Ich war bereit, diese Strohpuppen aufzustellen, damit man . . . – Wer »man«? Die Gimpel? Die Dummköpfe? – Oh, nein, »man« bedeutet irgend jemand. Es bedeutet Sie, es bedeutet ich . . .

Es ist sogar so . . . und daran erkennt man, wohin Ihr bedauerlicher Hang zu Einordnungen, Verunglimpfungen und Absonderungen führt . . . daß man aus dem Munde jener, die Sie als die »Intelligentesten« verehren, zu seinem Befremden manchmal hört, was Sie, wenn Sie es bloß zu untersuchen wagten, als die »größten Dummheiten« bezeichnen würden. Das bleibt nicht aus, da dank Ihnen »die Intelligentesten« nicht das geringste riskieren. Nichts kann sie hindern, ungeprüft alles zu verbreiten und billigen zu lassen, was ihnen beliebt, alles, was ihnen gerade einfällt . . . Sie können ungestraft allen ihren Marotten frönen, sich allen ihren extravagantesten Hirngespinsten überlassen . . . und in der Beziehung lassen sie sich, weiß Gott, nichts entgehen . . .

sie wissen genau, daß nichts Sie dazu bringen wird, ihnen die Vorrechte, die Sie ihnen ein für allemal zuerkannt haben, wieder zu entziehen ... Gibt es übrigens nicht, um Fällen vorzubeugen, in denen sogar Sie den Eindruck hätten, daß man vor lauter Ausgelassenheit zu weit geht, daß wirklich alle Grenzen überschritten werden ... gibt es nicht ein Gesetz, das eigens erlassen wurde, um ihnen völlige Straffreiheit zuzusichern: »Niemand äußert so viele Dummheiten wie ein Mann von Geist.«

Sie machen mißbilligende, betrübte Gesichter ... Wenn Sie, mein armer Freund, wahrhaftig aufrichtig sind, wenn Sie an eine so vollkommene Gleichheit glauben, wenn Sie das Gefühl haben, irgend jemandem, wer auch immer es sei, gleich zu sein ... auf gleicher Stufe mit ... verzeihen Sie uns ... mit irgendwelchem Dummkopf zu stehen, wie machen Sie Ärmster es dann, um zu überleben? Welchen Enttäuschungen, welchen entwürdigenden Kontakten mit allen möglichen Leuten sind Sie dann nicht ausgesetzt ... in welche Fallen werden Sie dann nicht geraten ... Man zittert beim Gedanken an den enormen Verlust von Kräften, von lebendiger Substanz ... Wenn es einem in diesem Maße an Selbsterhaltungstrieb, an bloßem Selbstbewußtsein und elementarem Ehrgefühl fehlt, ist man schwer angeschlagen ... Sie sind zu bedauern ...

Ja, zu bedauern. Man schaue sich diesen armen Schlucker an. Man sehe, wie er den Vorübergehenden etwas entgegenstreckt, sich dem ersten besten nähert und es ihm demütig anbietet . . . die Leute bleiben stehen . . . Was will er? Was ist das für ein Zeug? Wozu dient so was? Und er erklärt es, er sagt sein Sprüchlein auf, er preist seinen Schund an, er will, daß sie es annehmen . . . Und sehen Sie, es gibt welche, die Mitleid haben . . . es gibt welche, die neugierig sind . . . Sehen Sie seine Miene, seinen Blick, in dem die Hoffnung aufleuchtet, sehen Sie sein verlockendes Lächeln . . . Treten Sie näher, meine Damen und Herren, Sie werden es nicht bedauern, nehmen Sie es, wiegen Sie das mal . . . Armer Alter, da sieht man, in welch erbärmlichen Zustand er versetzt wurde durch seine Überspanntheiten . . . seine unsinnigen Überzeugungen . . . erinnern Sie sich: »Wir sind alle gleich. Die Dummköpfe gibt es gar nicht.«

– Nein, es gibt sie gar nicht. Und es gibt nirgends arme Schlucker. Das ist ein Erzeugnis Ihrer Phantasie ... vorausgesetzt, daß man mit diesem zauberhaften Wort überhaupt Bilder bezeichnen kann, die in Ihren Hirnen eingeprägt blieben, seitdem Sie in die Laterna magica blickten, seitdem Sie auf den Bänken der Kasperletheater hin- und hergerutscht sind ... Hören Sie auf, sich wie Kinder zu benehmen, lassen Sie Ihr lümmelhaftes Gelächter, seien wir seriös. Wir sind unter Erwachsenen. Schauen Sie es sich gut an, Sie werden sehen ...
– Gut. Schauen wir mal, es wird vielleicht amüsant ... Mal sehen, was er uns zeigt ... – Oh, nein, sagen Sie das nicht: nicht »er« ... wer »er«? ... es ist ein grenzenloser Raum, den kein »er« fassen kann ... – Ah, gut, also »uns zeigt« oder besser »zeigt« ... Nicht »uns«, das auch nicht, vermutlich? ... – Nein, besser kein »uns« ... das sind unendliche Räume ... ohne Konturen ... – Sehr komisch ... Also dieses falsche »er« nähert sich jenem falschen »uns« und zeigt ... was? Was ist das? ... Sehen Sie doch her, es ist leicht zu erkennen, so was nennt sich eine »Idee« ... Wo kommt sie her? Haben Sie sich das ausgedacht? – Ich? Aber »ich« gibt es doch nicht, ich habe es Ihnen gerade erst gesagt, man darf sich damit nicht beschäftigen ... Es gibt kein ich hier ... kein Sie ... Man darf sich um keinen Preis durch solche Belanglosigkeiten ablenken lassen ... durch diese Fliegen, die zerstreute

Schüler zu schnappen versuchen . . . man muß sich ganz darauf konzentrieren . . . – Auf die Idee? – Ja, da Ihnen so viel daran liegt, es zu benennen . . . Man braucht es nur hereinzulassen, es sich ausbreiten zu lassen . . .

– Oh, wir, wissen Sie, wenn es sich um Ideen handelt . . . Wir und diese großen Namen . . . wir haben nicht die Gewohnheit, damit umzugehen, wir haben keine Erziehung genossen, keine guten Manieren erworben . . . wir sind, wie Sie wissen, nicht vorbereitet worden, wir sind ungebildet . . . Also, wozu sollte es uns dienen? – Ach was, darum handelt es sich nicht . . . Auch mir fehlt, wenn Sie es so nehmen, das nötige Rüstzeug . . . nur ein paar Brokken . . . vage Begriffe . . . übrigens kann heute, wie allgemein bekannt ist, niemand mehr damit prahlen, alles Wissen in sich aufgenommen zu haben, jeder ist, wie man weiß, beschränkt auf sein kleines, enges Gesichtsfeld . . . Nein, vergessen Sie, wie man das nennt, versuchen Sie nicht, herauszufinden, woher das kommt, man braucht sich nur davon durchdringen zu lassen, es sich ablagern zu lassen . . . einen Keim, der auf jedem x-beliebigen Gelände gedeihen kann, so vital, so kraftvoll ist er . . . Wenn Sie ihn Wurzeln schlagen lassen, wird das wachsen, zahlreiche Knospen bekommen und Blätter, und sich weit verzweigen . . . Finden Sie nicht auch, daß um uns herum die Luft schon frischer, belebender ist, als wäre sie gereinigt . . . die Abfälle, die ekelerregende

Fäulnis, die Sie ungeschickt einzusperren versuchten, die Sie absondern, anprangern wollten mit Ihrem »sagen die Dummköpfe«, sehen Sie, wie sie nun vernichtet ist, diesmal für immer, es ist nichts davon übriggeblieben . . .
Sie schweigen. Kleine Flammen leuchten in ihren Augen auf . . . Befriedigung, Bewunderung haben sie zum Leuchten gebracht . . . und, um ihnen noch mehr Freude zu bereiten, um sie zu ermutigen, sie zu belohnen, ihnen zu schmeicheln, ist er bereit, dies mit jenen Namen zu bezeichnen, die sie so gern gebrauchen, diesem alle seine Titel zu verleihen . . . Sehen Sie, es jagt Ihnen keine Angst mehr ein, dieser Gedanke, diese Idee? Ist sie nicht schön? Ist sie nicht richtig? Ist sie nicht wahr? Bringt sie nicht alles wieder in Ordnung?
Die Flämmchen in ihren Augen tanzen lebhafter . . . wie Irrlichter . . . nicht Bewunderung, nicht Freude haben sie angezündet, seine Begeisterung hatte ihn genarrt . . . Nein? Sie gefällt Ihnen nicht? Sie ist nicht richtig? Sie ist nicht wahr? Sie wollen sie nicht? . . . Sie schauen einander mit jenem Lächeln an, das man »komplizenhaft« oder »verständnisinnig« nennt . . . – Doch, doch, warum denn nicht? Wie eilig Sie es nur haben, wie ungeduldig sind Sie, es einem aufzudrängen . . . Sind wir nicht frei? . . . Er hebt beschwichtigend die Hand . . . – Doch, freilich, natürlich, nichts eilt, alles mit der Ruhe . . .

Sie räuspern sich, sie husten sich den Hals frei, sie keuchen etwas aus ihrem Innern herauf . . . Wörter kommen hervor, die noch ganz von Schleim umhüllt sind, weiche Wörter, die dahinschleichen . . . – Wissen Sie, für mich ist diese Idee . . . Er betrachtet sie, er hat Mühe, sie wiederzuerkennen, so feucht, so verschleimt, wie sie ist . . .
Was haben sie darübergeworfen? Er schnellt vor, um sie freizumachen, er greift nach ihr . . . es ist ganz schmierig, es klebt . . . er fühlt sich selber wie geleimt, mit einer ekelhaften Schmiere bedeckt . . . er bemüht sich, sie fest zu packen, sie festzuhalten, aber sie entzieht sich ihm, ganz weich und schleimig . . .
– Was ist das nur? Was haben Sie daraus gemacht? Wo haben Sie das her? Es ist nicht möglich, daß Sie es waren, der ganz spontan, ganz natürlich diesen Speichel ausschied . . . es ist etwas, das man Ihnen eingegeben hat, ein Gift, das man Ihnen eingeflößt hat . . .
– Keineswegs! Wir sind nicht vergiftet, Sie sind es vielmehr, mein Lieber, Sie sind beeinflußt worden, Sie haben sich durchdringen lassen . . . das ist doch augenfällig . . .
Sie tauschen fragende Blicke aus, sie nicken . . . Ich bin der gleichen Meinung . . . Ja, ich auch . . . Ich muß gestehen, daß seine Idee mich sofort erinnerte an . . . Ah, das mißfällt Ihnen? Sie mögen nicht, daß man solche Ursprünge bei ihr entdeckt . . . – Es ist nicht wahr, es gibt nicht den geringsten gemeinsamen

Nenner . . . Sie könnten wohl alle blind, alle taub sein . . . – So, so, blind, taub . . . Was ist das für eine Sprache? Sind Sie es, der so was sagt? Über uns . . . diese Unendlichkeiten . . . die kein Name zu umreißen vermag . . . es gibt kein uns, kein wir, kein ihr . . . – Ja, es war falsch von mir. Aber ein Heiliger . . . nein, nicht, auch kein Heiliger . . . niemand könnte dem widerstehen . . . Hören Sie mal, ich bitte Sie . . . Es ist nicht möglich, daß Sie es nicht merken . . . Beobachten Sie sie . . . sie bewegt sich . . . sie macht sich frei . . . trotz allen Besudelungen, diesen Erniedrigungen . . . sie hat nichts von ihrer Frische, von ihrer ursprünglichen Energie verloren . . . – Ihrer ursprünglichen Energie! . . . Was Sie nicht sagen! . . . Aber warum darauf bestehen? . . . Wozu? Wie soll er das einsehen? . . . Er hat sich soviel Mühe gegeben, er hat sich so bemüht, sie verlockend, unwiderstehlich zu machen . . . Er hat sie zurechtgemacht, nach seinem Geschmack . . . einem zweifelhaften Geschmack . . . Er kann nichts dafür . . . Ich bin wie Sie, ich finde, sie hat etwas Plumpes an sich, etwas Kitschiges, etwas Gewöhnliches . . . Ja, sie hat einen vulgären Anschein . . . Aber, er selber, sehen Sie mal, wie er herumzappelt, er ist so aufgeregt . . . was ruft er? Ah, wieder Gerechtigkeit, Wahrheit . . . Ich muß schon sagen, daß diese Worte, wenn sie so mit Nachdruck ausgesprochen werden . . . Ja, ich auch, dabei steigt mir das Blut in den Kopf . . . Ihnen nicht? . . . Natürlich auch, aber ich habe eher Mitleid mit ihm, es wäre mir unangenehm, wenn er fertiggemacht würde, er ist so schwach, so harmlos . . . warum ihm die Illusionen rauben? . . . Na, na, beruhigen Sie sich, Sie messen unserer Meinung zuviel Bedeutung bei, wir verdienen das nicht . . . wissen Sie, wir und diese großen Ideen . . . Es ist jedoch nichts zu machen, er läßt nicht davon ab, er hält sich an ihnen fest, er klammert sich an sie . . . Aber, warten Sie, er wird gleich loslassen: Hören Sie mal, warum bestehen Sie so darauf? Sie sehen es doch, Sie müssen es doch merken, das ist zu hoch für uns, wir sind unwürdig. Schauen Sie uns an: sehen wir nicht beschränkt aus? Ja, nicht wahr? Er, zum Beispiel . . . sie lachen . . ., sieht er nicht etwas stumpfsinnig aus? Mal los, nur zu, und Sie werden sehen, welche Ruhe, welche Freiheit . . . Sie können uns dann vergessen und Ihre teure Idee, so wie sie war, mit all ihren makellosen Eigenschaften wiederfinden. Sie brauchen nur zu sagen, wir werden es Ihnen nicht verübeln . . . ah, man sieht es Ihnen an, daß es Ihnen schon auf der Zunge schwebt . . . Nicht? Doch, na? Sagen Sie es also, zögern Sie nicht mehr . . . sagen Sie es doch ein für allemal, sagen Sie, daß wir Dummköpfe sind.

Gut. Sie haben mich dazu gezwungen. Ich gebe es zu: Sie sind Dummköpfe. Und ich . . . ich leugne es nicht: ich bin intelligent.

Er wiederholt die Wörter automatisch, ohne sie recht zu verstehen: Dummköpfe. Intelligent . . . Die Erleichterung, die es ihm verschafft, gleicht dem Wohlgefühl, das sich nach dem Einnehmen eines Beruhigungsmittels einstellt . . . Er gibt sich einen Ruck, er sucht . . . Aber die Idee? Wo ist sie nur hin? Was ist aus ihr geworden, aus der Idee, derentwegen er sich auf dies alles eingelassen hat, auf diese Verdummung, diese Erniedrigung?

Hier ist sie. Sie sind nun beide allein, miteinander allein. Diejenigen, die ihr nicht die Ehre erwiesen haben, welche ihr gebührt, die Dummköpfe, sind vertrieben worden. Und er, der intelligent ist, hat ihr eine ihrer würdige Wohnung angeboten, einen hochherrschaftlichen Palast, in dem sie sich zu Haus fühlen kann, in Ruhe, in Sicherheit.

Sie schauen einander an: wie stark und gesund du bist, wie rein du bist, wie edel . . . Und du erst, wie mächtig du bist, wie verwegen . . . Sie schmiegen sich immer enger aneinander, sie lassen nicht mehr voneinander ab, aneinandergelehnt erforschen sie ihre Domäne, sie schreiten immer weiter voran . . .

Und dann, nach und nach, macht sie sich frei, schon sondert sie sich ab, nimmt sie Abstand . . . sie beide, er und sie, können sich nicht mehr mit dieser wonnevollen Vertraulichkeit begnügen, mit dieser stolzen Einsamkeit zu zweit . . . Sie wird schließlich verkümmern, dahinsiechen, so eingesperrt mit ihm . . . Sie hat das Bedürfnis, sich zu zeigen, sich auszubreiten . . . und er hat Verständnis dafür, sie muß ins Freie, sie muß frische Luft schnappen, neue Kraft schöpfen, sich bewundern lassen, sich gutheißen lassen . . .

Er erkennt sie kaum . . . soviel Zeit ist vergangen, seitdem er aufgehört hat, sich um sie zu kümmern, und er hat nie daran gedacht, sie wiederzusehen . . . Aber sie ist es wirklich . . . und man merkt genau, daß sie ihren Weg gemacht hat, einen langen Weg . . . von welchem Respekt wird sie umgeben, mit welchem Stolz, seit jeher mit ihr bekannt zu sein und zu ihren engsten Vertrauten zu gehören, stellen Sie sie vor . . . – Aber, Sie scheinen überrascht zu sein, Sie sehen ganz erstaunt aus . . . Er stammelt . . . – Ach was, keineswegs . . . nun ja, doch ein wenig . . . wenn ich bedenke, wie früher . . . als ich versuchte, ihr zu helfen, als ich sie förderte . . . unbeholfen, zugegeben, ich wußte gar nicht, wie ich es anfangen sollte . . . mit welcher Geringschätzung man sie damals betrachtete . . . man fand sie gewöhnlich, recht vulgär . . . Sie führen die Hand an die Stirn . . . – Wann denn? Wer denn nur? Wir zweifeln nicht daran, daß Sie ein außergewöhnlich gutes Gedächtnis haben . . . Ach, ja, erinnerst du dich? . . . da gab es doch anfangs . . . es war nur ein

zusätzlicher Beweis ihrer Originalität . . . da gab es, wie immer, man darf es ihnen nicht übelnehmen, ein paar Dummköpfe . . . Was mich betrifft, so habe ich mich nie geirrt . . . Es gibt nichts an dieser Idee, was nicht schon von Ihnen geprägt war . . . – Oh, von mir geprägt . . . wenn ich sie nun wiedersehe, verstehe ich, daß es einmal Leute gegeben hat . . . – Sie verstehen sie? – Vielleicht . . . bis auf einen gewissen Punkt . . . Ich finde, sie hat etwas Ungehobeltes, es fehlt ihr noch an Schliff.
Sie schauen einander an . . . Was sagt er? Aber, Sie kennen ihn doch . . . – Der Meister hat einen seiner guten Tage, er macht Spaß . . . – Der Meister? Welcher Meister? . . . Leises Kichern sprudelt empor, gutmütiges, lautes Gelächter breitet sich schwerfällig aus . . . – Er ist köstlich . . . – Wer? – Na, Sie natürlich . . . Ich mag Sie gern . . . Sie wissen, daß er es ehrlich meint. Es ist kein Scherz. Es kommt selten vor, das muß man zugeben . . . Aber die Großen, die Größten sind so. Sie haben diese köstliche Bescheidenheit, diese fürstliche Unscheinbarkeit . . .

Es ist ein Traum . . . von woher? Es ist ihm vor sehr langer Zeit passiert . . . Nein, nicht ihm, aber er hat daran so sehr Anteil genommen, daß es ihm nun scheint, selber der kleine Bettler, der Doppelgänger des Prinzen gewesen zu sein, der irrtümlich im Königsschloß untergebracht worden war . . . Er befindet sich plötzlich auf der anderen Seite, hinter den hohen, erleuchteten Fenstern, die er mitten in der Menschenmenge stehend betrachtete, welche sich vor den Schutzgittern mit den Schilderhäuschen, wo Posten wie versteinert Wache standen, drängte. Er sitzt nun an einem üppig gedeckten Tisch; Diener in Livree mit Seidenstrümpfen und gepuderter Perücke stellen einen Teller vor ihm hin, auf dem eine Silberschale steht . . . gleich wird er . . . anstatt seine Fingerkuppen hineinzutauchen . . . die Schale in die Hände nehmen, sie an die Lippen führen und trinken . . . und sie werden einander betroffen, niedergeschmettert anschauen . . . Ihre Hoheit hat Momente sonderbarer Zerstreutheit . . . noch eine Geste, noch ein Wort und alles wird sich herausstellen . . . er wird ihnen sagen, das alles sei ein Mißverständnis, er sei mit dem anderen nicht identisch . . . er sei es nicht . . . Er lacht verlegen, er möchte sich verstecken, er wirft ihnen flehende Blicke zu . . . – Oh, ich bitte Sie, ich versichere Ihnen, Sie irren sich . . . Ich bin . . . Ja, freilich, ich bin nicht . . . ich habe es Ihnen immer schon gesagt, es gibt kein »ich« . . . Sie sind es, die . . . ja, verstehen Sie, es gibt keine Möglichkeit, mit dem übereinzustimmen, was Sie sich zurechtkonstruiert haben . . . Er hört sie flüstern . . . – Er ist unbezahlbar. Wissen Sie, Sie haben Glück, Sie kommen im richtigen Augenblick . . . Das ist eines seiner Steckenpferde.

Zwangsläufig, es ist ganz natürlich. Er lebt nicht auf dergleichen Ebene ... Sonst wäre er ja nicht ... genau das, was er ist ...
Er schreit: Was? Er ist was? Sagen Sie es. Was bin ich? – Sie sind Sie selber. Und das genügt uns. Sie. So wie Sie sind. So wie wir Sie mögen, mit all Ihren Ungereimtheiten, Ihren Wunderlichkeiten.
Er schreit lauter: Lassen Sie mich ... ehe es zu spät ist, bevor Sie selber merken, daß es eine Verwechslung ist ... Es ist Ihnen aufgefallen, ich benehme mich daneben, ich trinke Wasser aus Fingerschalen ... Verstehen Sie, was ich Ihnen sage? Hören Sie mir zu ... Er nimmt blindlings irgend etwas, er hebt etwas von dem Abfall auf, etwas von dem Ausschuß, der mit dem Müll von der Straßenreinigung weggeschafft werden soll, und zeigt es ihnen: hier ist das, was ich mag, das ist es, woraus ich mein Süppchen koche, nichts verlockt mich, nichts entzückt mich mehr als das ... seine Stimme ist schwer, sie suhlt sich, seine Wörter schleppen sich dahin, er streicht etwas Klebriges, Ekliges über ihr Gesicht ... Erkennen Sie es denn nicht wieder? Erinnern Sie sich nicht, daß derjenige, den Sie so bewundern, darüber gesagt hat: »so was sagen die Dummköpfe«? Sagen Sie es doch, geben Sie mich frei. Verjagen Sie mich. Ich bin ein Eindringling. Ein Hochstapler.
Sie sind selig ... Er ist heute wirklich so gut wie noch nie, er ist in bester Form. Er kann so voreingenommen sein. Er kann so befangen sein. Cézanne

war auch so. Er hat solche Meinungen, die seine Herkunft verraten, seinen bäuerlichen Ursprung, sie riechen nach Ackerboden . . . Wäre er nicht so, würde dieser ganze Saft, der seine Kraft ist, . . .

Er redet, seine losgelassenen Wörter fliegen davon, breiten sich aus, seine entspannten Glieder werden von einer außergewöhnlichen Stärke erfüllt. Er wirft sich zurück. Streckt die Beine aus. Schlägt mit der Faust heftig auf den Tisch. Er kann sich nicht mehr halten, er fühlt sich nicht mehr . . . er hätte nie gedacht, daß er so was empfinden könnte . . . wie früher, als er noch ein Kind war und plötzlich glaubte, ein Riese zu sein und nur sein Bein über die Brückenbrüstung strecken zu brauchen, um seinen Fuß da drüben auf das andere Ufer zu setzen, und nur den Arm ausstrecken zu müssen, um den Eiffelturm zu ergreifen, der in seiner Hand zu einem jener verkleinerten Modelle, einem jener Nippes werden würde, die man den Touristen als »Andenken« verkauft. Sein Arm erhebt sich, seine Hand schließt sich, seine geballte Faust schlägt auf den Tisch. Er rollt seine kugeligen Augen. Alle betrachten sein breites, puterrotes Gesicht, seinen speckigen Nacken. Seine Stimme ertönt rauh: »Steht auf, ihr Toten!« Er dreht sich langsam herum und schaut jeden von ihnen mit dem sturen Blick eines Stiers an. »Steht auf, ihr Toten!« Sie wanken ein wenig, ihre zitterigen Stimmen hören sich an wie Geblöke ... – Öh, öh, Meister, wir sprachen über die Heloten ... öh, über das Helotentum ... Seine Faust saust wieder herunter, auf dem Tisch klirrt das Geschirr ... »Steht auf, ihr Toten! Steht auf, ihr Toten!« ... Wer muckst sich? Wer wagt es zu murren? Schockiert dreinzuschauen? – Schockiert? Davon kann doch keine Rede sein. – Überrascht dreinzuschauen? – Überrascht? ... Dort drüben vielleicht, der da, ein kleiner Neuling, der vor kurzem erst hier zugelassen wurde ... Aber wir alle, die wir Sie kennen, schätzen das sehr, glauben Sie es, wir sind mehr als zufrieden.

Er hatte nie so was empfunden, er wußte gar nicht, daß es ein solches Wohlbefinden gab ... dieses Gefühl, sich in etwas Dichtes hineinfließen zu lassen, sich vollaufen zu lassen, dicker zu werden, sich auszubreiten und doch immer noch von elastischen, starken und undurchlässigen Wänden zusammengehalten zu werden.

Ihre auf ihn konzentrierten Blicke verleihen ihm diese Leichtigkeit, diese Bewegungsfreiheit, wobei sie ihn gleichzeitig im Schutz einer Form halten ... seiner eigenen ... die sie modellieren, die sie streicheln ... Er fühlt diese Form als sich selbst, dieses

Fleisch, das sich schamlos, unverschämt zur Schau stellt, rosiges Fleisch, das seine Wangen hinabzieht und das in Falten über seinem Hemdkragen hängt, sie gehören ihm, diese großen, etwas kugeligen Augen, die etwas ausstrahlen – eine Kraft, die sie den Blick abwenden, den Blick senken läßt . . . Er betrachtet seine dicke, mit rötlichen Härchen bedeckte Faust, die auf den Tisch schlägt . . . ihm gehört das alles, es ist er. Er möchte sich betasten, um sicher zu sein, daß es wahr ist, er hebt den Arm höher, er läßt seine Faust lauter aufprallen, seine Stimme erschallt: »Steht auf, ihr Toten! Steht auf, ihr Toten!« und dann ihr Geflüster . . . Er ist großartig. Eine Naturgewalt. Ein außergewöhnliches Temperament . . . ihre Augen, die Gewißheit und Bewunderung versprühen, lassen das zitternde, durchsichtige Gespenst fliehen, den bei ihnen verirrten Schatten, bei ihnen, unter den Lebenden, diesen Wesen aus Fleisch und Blut.

Fest im Fleisch, sich anbietend, mitten unter ihnen ausgebreitet. Ihre Blicke mögen die feine seidig erglänzende Haut seines bloßen, runden Schädels glätten, der im Licht der Lampe leuchtet, sie mögen zärtlich seine zusammengekniffenen Lider streifen, seine leicht geäderten Wangen, seine dicke, mit rötlichen Härchen bedeckte Faust . . . möge ihr sanftes, warmes, sprudelndes Lachen ihn streicheln . . . Warum lachen Sie? – Na, weil Sie so komisch waren . . . Wenn Sie sich hätten sehen können . . . Wenn Sie seine Miene gesehen hätten, diese schlitzohrige Miene . . . Oh, ja, diese Miene, die nur er aufsetzen kann . . . – Wer er? – Ja, Sie natürlich, Sie, herrje, wer denn sonst? Wer hat denn Ihren Humor? Gestatten Sie, daß ich denen erzähle, wie. . . . O ja, erzählen Sie, ich hätte wer weiß was gegeben, um ihn sehen zu können, um dabei sein zu können . . . Sie haben recht, Sie haben viel verpaßt . . . Wenn ich nur daran denke, muß ich immer wieder . . . Wir waren alle in Verlegenheit, es war derart schlecht, abscheuliches Zeugs . . . Keiner wagte, seinen Ruf dadurch aufs Spiel zu setzen, daß er ein Kompliment in Anwesenheit anderer riskierte . . . Jeder schwieg . . . und das zog sich hin . . . Die arme Frau . . . Ah, was wollen Sie, es geschieht ihr recht, was braucht sie einen solcher Folter zu unterwerfen . . . Ich finde, Sie sind streng, ich für mein Teil habe Mitleid mit ihr . . . Jedenfalls nahm das Schweigen kein Ende . . . Es wurde unerträglich . . . Und plötzlich sagte er mit ernster Miene: »Welch eine Stille . . .« – Ich habe das gesagt? Ich? – Ja, freilich haben Sie das . . . Welch eine Stille . . . Und alle haben aufgeatmet. Und die Dame war entzückt . . . Welch eine Stille . . . mit zerknirschter Miene . . . Ja, mit einer Miene, die Bände sprach . . . Er lacht mit ihnen, genauso gerührt wie sie . . . – Ich erinnere mich nicht daran ... – Wie sollten Sie sich auch an all Ihre Witze, an all Ihre Scherze erinnern können? – Aber vielleicht war es gar kein Scherz von mir ... Ha, ha, ha, die Arme, wir sind boshaft ... Aber, das ist gar nichts. Er hat noch ganz andere gemacht. Eines Tages ... wir waren zusammen in Rom ... – In Rom? – Ja, erinnern Sie sich ... wir waren noch jung ... und der Fremdenführer ... Ja, das hat er schon mal gehört, er hat diese Geschichte irgendwo gelesen, er weiß nicht mehr wo, sie betraf einen anderen ... Aber, wird er ablehnen? Wird er den beschämen, der ihm so großmütig das Angebot macht ... Er willigt ein, er nimmt, er betrachtet liebevoll die Photographie, die im Album seiner Eltern aufbewahrt wird ... dieser junge Mann mit dem frechen Blick, eine seiner Locken hängt ihm über die Stirn, seine verächtliche Lippe, seine zusammengekniffenen Augen, seine vorspringenden Backenknochen, sein feiner Kopf, der seinen langen, schlaksigen Körper überragt ... das ist er. Das bin ich. Ja, der ist gut ... Se non è vero ... Ja doch: è vero. Vero. Sein Körper schüttelt sich, er neigt den Kopf, das Lachen drängt seine Hängebacken auseinander ... – Ach, wie dumm wir doch waren ...

Wie gut es uns doch geht. Wie angenehm es hier ist. Wie man in Sicherheit, eingeschlossen hier ist, in diesem Körper. Jeder zu Haus und alle beieinander. In guter Nachbarschaft. Gut ausgestattete Hausbesitzer. Es bedarf keines Zaunes, keiner Mauern, die von Flaschenscherben strotzen, es bedarf keiner stacheligen Hecken. Ein jeder hat sich auf seiner Terrasse am Rande seines Rasens niedergelassen, man hört das gleiche Piepen, leiht sich die Gartengeräte, tauscht Ratschläge, Setzlinge, Pflanzen . . .

Hier ist das Leben, leibhaftiges Leben . . . es spielt auf diesen schimmernden und glatten, flaumigen, faltigen, zerfurchten Häuten, die von kleinen Runzeln, bläulichen Äderchen durchquert werden, die gespannt, die erschlafft sind, und auf diesen Stupsnasen, Hakennasen, diesen Lippen, Kinnpartien, schweren, zerknitterten Lidern, schmalen Spalten, die von Augen gerundet werden . . . ihr Fleisch und Blut . . . sein Fleisch und Blut . . . der geringste Angriff würde an seinem Rückgrat etwas hinunterlaufen lassen . . . würde ihn sofort aufspringen lassen, damit er eingreifen, sie alle schützen könnte . . .

Sein Blick umfängt einen nach dem anderen. Um ihn herum geschart, verschaffen sie ihm jenes beruhigende Gefühl, das er angesichts alter Porträts hat . . . so wahr, wahrer als in Natur . . . Jeder einzigartig. In diesem Augenblick erstarrt für die Ewigkeit. Zart und stark. Junge, starke Rosen . . . Festigkeit der Lippen, der flaumigen Wangen . . . Augen aus vergoldetem Email, aus blauer Fayence . . . die hingebungsvolle, entgegenkommende Sanftheit

ihrer seidenweichen Wange, die dem Druck der Finger nachgibt . . . ihr Haar, wo Goldfäden mit Silberfäden verwoben sind . . . ihre rundlichen Hände ruhen auf ihren Knien, zwischen denen ihr molliger Rock eine Mulde bildet . . . Tadellos . . . Genau das, was sie sein soll. Wie ein Bild von Nattier, von Boucher . . . wie recht sie hatten, den Verrückten zu bändigen, zu verbannen, diesen Halunken, der sie davon losreißen wollte . . .
Aber es ist vorbei, er akzeptiert es, er akzeptiert sie alle, so wie sie sind. Er akzeptiert sich, so wie er ist . . . schaut euch meine Faust an, die genauso wie ihre von Fleckchen bedeckt, von bläulichen Äderchen durchzogen da lebendig vor euch auf dem Tisch liegt. Eine starke Faust, die ein starkes Temperament verrät. Und meinen geraden Blick, der tief eindringt . . .

Mein durchdringender Adlerblick richtet sich hier auf diese niedrige Stirn unter dem üppigen dunklen Haar . . . aber täuschen Sie sich nicht, die Intelligenz glänzt in den Augen, sie schleicht sich in den spöttischen Lippenbogen . . . Und dann verharrt mein Blick auf diesen großen, hellen, kugelrunden Augen . . . so treuherzig, daß man ihm nichts abschlagen würde . . . eine Miene, die zu freimütig, zu schön ist, um wahr zu sein, ziemlich hinterhältig eigentlich, durchaus imstande, einem übel mitzuspielen . . . Wohingegen dieser hier, der in seinem Blick, in der Linie seines Kinns etwas Fliehendes, beinahe Fieses hat . . . etwas so freimütig Fliehendes, daß man sich beruhigt fühlt . . . Und dieser hier, bei dem sich nichts entzieht, der so klar und sauber ist, ihm kann man wirklich Vertrauen schenken . . . in gewissen Angelegenheiten nur, denn er ist nicht sehr helle, der Arme . . . nicht sehr gewitzt . . . ein braver Bursche . . . aber man muß sagen, wie es ist . . . – Ein Dummkopf? Er wägt ein Weilchen das Für und Wider . . . – Ja . . . wirklich . . . Ein Dummkopf . . . Es ist das richtige Wort. Ein Dummkopf. Dummköpfe. Und warum nicht? – Die muß es doch auch geben, damit die Welt zusammenhält. – Welche Welt? – Nun ja, die Welt, in der wir alle leben. In der Sie Ihren Platz an der Sonne haben.

– Welchen Platz? Er ist auf der Hut . . . Vorsicht . . . welchen Platz? Wissen Sie, ich will es Ihnen gestehen, ich bin gerührt, Ihr Vertrauen ehrt mich, aber, sehen Sie, der Platz, den Sie mir so großzügig angewiesen haben . . . ich frage mich, ob das nicht aus Versehen geschehen ist . . . Sie erinnern sich doch, als ich die Faust hob, als ich auf den Tisch schlug, als ich die großen, kugeligen, blutunterlaufenen Augen rollte . . . da waren sie es, die mich dazu trieben . . . es war eine suggestive, hypnotische Wirkung . . . Ich habe nämlich, das müssen Sie wissen, es bleibt einem nichts anderes übrig, ich habe es

nicht ausgehalten, ich bin mir selber entwischt, ich bin wieder draußen . . . ein Hauch, ein Schatten, eine Leere, in die sich alles hineinstürzt . . .
Sie murmeln: alsdann, es überkommt ihn schon wieder, halten Sie ihn fest . . . – Ja, halten Sie mich, ja, es ist mir nichts lieber, als wieder eingefangen zu werden, als zurückzukehren . . . Nein, nicht zurückkehren, nicht dahin . . . da fühle ich mich in Gefahr, da bin ich irrtümlich hineingeraten, das ist nicht mein Platz, ich trinke nämlich Wasser aus Fingerschalen . . . Sie umringen ihn, sie streicheln seinen Kopf . . . – Kann man überhaupt liebenswürdiger sein? »Steht auf, ihr Toten!« so brutal gebrüllt, stört ihn, paßt ihm nicht. Er hat recht, es ist nicht er. Ihn kennt man . . . keiner ist so taktvoll wie er, so bescheiden, ich würde sogar sagen so demütig . . . ja, demütig . . . Nein? Nicht demütig? Demütig paßt Ihnen nicht? Ich glaube, ich habe es gefunden: hochmütig eher. Sehen Sie, hochmütig läßt er gelten. Ein Ungetüm aus Hochmut . . . Sehen Sie, wie er sich entspannt, sehen Sie sein zufriedenes, kindliches Lächeln . . . Da fühlen Sie sich wohl? Das ist es . . . man braucht nicht weiter zu suchen. Es ist klar, wer erkennt das nicht? Sie sind das. Sie sind ein Ungetüm aus Hochmut.

Seine riesige Masse breitet ohne Rücksicht auf Regeln oder Gepflogenheiten ihre sonderbaren Konturen

aus . . . Ein Ungetüm . . . Aus Hochmut . . . Hoch – mut . . . Eine hohe, enorme Fahne entfaltet sich, ein goldener Mast ragt in den Himmel empor.
Er reckt seine Glieder wie Gulliver in Liliput, er streckt seinen Fuß aus, um ihn aufs andere Ufer zu setzen, er stößt einen Seufzer aus, daß die Berge erbeben und die Meere sich erheben . . . Ja, es stimmt, Sie haben wohl recht . . . Er führt die Hand an den Mund, den ein Gähnen halb öffnet, er entspannt sich, er wird einschlummern, seine schläfrige Stimme schleppt sich dahin . . . Ja, Sie haben recht, wenn man es etwas näher betrachtet, bin ich das: ein Ungetüm aus Hochmut.

– Ein Ungetüm aus Hochmut, meinen Sie? Ja, vielleicht . . . da Sie mir sagen, daß der große Mann es selber eingesteht . . . Ich persönlich halte es jedoch kaum für möglich, daß extremer Hochmut der Grund für seine Liebenswürdigkeit ist, die doch so ursprünglich wirkt, so was ist unverkennbar, seine Einfachheit, seine beständige Freundlichkeit . . . Auch Freundlichkeit ist nicht das richtige Wort, es ist die Überzeugung von einer vollkommenen Gleichheit, es ist die Vertrauensseligkeit in der Tiefe seiner naiven Augen . . . – Seiner naiven Augen? . . . – Ja, der Meister hat oft den Blick eines Kindes . . . Es ist eine beinahe zärtliche Zustimmung, sie wirkt anziehend, man taucht da hinein, man tummelt sich darin . . . Obgleich ich so schüchtern bin, gehe ich aus mir heraus, sprudele ich über, sprühe ich, funkelnde Wörter perlen in mir aus einsamen Regionen, wo alles Leben erloschen zu sein schien, empor und bilden zarte Zeichnungen, unerhörte Konstruktionen, die er entzückt betrachtet . . .

Und dann sehe ich etwas in ihm Gestalt annehmen . . . ich erkenne nicht genau, was es ist . . . aber ich suche auch nicht, ich will das nicht deutlicher sehen, ich lasse es lieber im unklaren wie das Vorgefühl einer glücklichen Überraschung . . . Nein, ich weiß nicht, wie soll ich es wissen? . . . – Die Ohren müssen Ihnen geklungen haben . . . Sie hätten dabei sein müssen, als er über Sie sprach . . . – Über mich? Wirklich? . . . Noch ein paar Augenblicke wonnevoller Erwartung . . . Über mich? – Ja, über Sie, Sie hätten ihn hören müssen . . . Er konnte Sie nicht genug loben . . . – Oh, Sie wollen sich wohl über mich lustig machen . . . – Keineswegs. Man hörte nur: »Bemerkenswert. Geistreich. Originell. Höchst intelligent.«

Dies alles und noch viel mehr, das sich unfaßbar über die Wörter hinaus ausbreitete, das von ihm zu mir floß, das aus mir funkelnde Strahlenbündel immer höher emporsprühen ließ, als plötzlich, was ist denn das? . . . Ist es möglich? Er schaut auf seine Uhr . . . Nein, vielleicht nicht auf seine Uhr, Daumen und Zeigefinger seiner rechten Hand bilden einen Kreis, huschen rasch über seinen Ärmel, wie um etwas wegzuwischen, fortzuschnippen . . . Aber, ist das so wichtig . . .

Im Nu komme ich wieder zu mir, alles steht wie zuvor an seinem Platz, ich weiß wieder, wo ich mich befinde, ich bin zurechtgewiesen worden, ich hatte mich gehen lassen, mich dazu hinreißen lassen, die Sitzung allzu sehr in die Länge zu ziehen, ich habe den Meister gelangweilt, seine Geduld mißbraucht . . . woran dachte ich nur . . . Ich richte mich auf, ich stehe auf. – Es ist Zeit, daß ich gehe, ich werde Sie verlassen . . .

– Mich verlassen? Warum denn? Es ist noch früh. Bleiben Sie noch ein wenig . . . Aber schon steht er auf, sein fester Blick weist mich zurück, er gewinnt Abstand, seine Miene ist eine Mischung aus Würde und resignierter Verbitterung wie bei jemandem, der seinen bescheidenen Platz kennt und ihn nicht verlassen möchte. Jedem seinen eigenen Platz, jedem sein Zuhause . . .

Aber ich habe keinen Platz mehr, ich habe kein Zuhause mehr . . . Was gerade geschehen ist, diese unglückliche Bewegung meines Blickes, der sich senkte, meiner Finger, die sich zusammenschlossen und kurz über meinen Ärmel strichen, gewiß, es waren meine Augen, es waren meine Finger, aber so was nennt man eine unwillkürliche Geste, der Körper reagiert manchmal, mit bedauerlicher Unabhängigkeit . . . Diese Bewegung hat dadurch, daß sie Ihnen auffiel, mich jäh mir selber entrissen . . . so wenig genügt, und schon bin ich wieder außer mir, in Sie hineinversetzt, mit Ihnen verschmolzen, wir sind eine einzige Person; die gleiche warme Welle, die von

der Demütigung verbreitet wird, überschwemmt uns . . . Verlassen Sie mich nicht, Sie zerreißen mich, man kann noch alles wiedergutmachen, auswischen, vergessen . . . Gehen Sie nicht . . . nicht jetzt . . . Es war sehr interessant, es hat mich mächtig angeregt, was Sie mir gerade erzählten.
Aber er läßt sich nicht erweichen, er verbeugt sich mit einem kurzen Lächeln . . . oh, Sie schmeicheln mir, Sie sind zu gütig . . . Ein Lächeln, das zeigen möchte, daß ihm die Augen aufgegangen sind, er weiß, mit wem er es zu tun hat, er täuscht sich nicht, man braucht nicht zu versuchen, wieder von neuem zu beginnen, er ist schließlich nicht so einfältig, so unbedarft, als daß er noch mal auf diese exquisite Empfindsamkeit, diese entzückende Höflichkeit jener hereinfiele, denen bewußt ist, daß sie zu den »Großen« gehören . . . Noblesse oblige . . . der Sonnenkönig, der seinen Hut vor den Soubretten lüftet . . . Der Schloßherr, der auf der Straße seines Dorfes stehenbleibt, um sich mit einem Häusler zu unterhalten: »Behalten Sie die Mütze auf, mein Freund, wir haben ja doch ein recht ruppiges Frühjahr« . . .
Warum zu gütig? Ich bin nicht »zu gütig«. Warum sagen Sie das? Es ist lächerlich. Ich hatte es Ihnen doch gesagt: Es war ein Mißverständnis. Ich war mit dem anderen nicht identisch. Was Sie sehen, ist ein Theaterprinz, die Ballkönigin, der Schützenkönig . . . nicht einmal das, es ist ein Köder, eine Täu-

schung . . . Ich bin genauso wie Sie, es ist unmöglich, uns voneinander zu unterscheiden, uns voneinander zu trennen, wir sind miteinander verbunden, verschweißt, siamesische Zwillinge, ziehen Sie doch nicht, Sie zerreißen mich . . . ich bin gespalten, gevierteilt, bleiben wir doch vereint, und schauen wir gemeinsam, wir sehen mit den gleichen Augen . . .
Wir erkennen beide, nicht wahr? wir kennen sie genau, weil wir sie so oft schon betrachtet haben, diese Leutchen, die so spitzfindig, so etepetete und stets so um ihr Äußeres besorgt sind . . . Wir haben gesehen, wie sie in Augenblicken der Überschwenglichkeit, bei herzzerreißendem Abschiednehmen, in vollkommener Einmütigkeit heimlich einen kurzen Blick in den Spiegel warfen, rasch ihre Haarsträhne zurückstreiften, ihren Krawattenknoten zurechtrückten, auf ihr Handgelenk hinabblickten, mit Daumen und Zeigefinger eine Ringfeder spannten und sie über ihren Ärmel schnellen ließen, um etwas davon zu entfernen . . . das gleiche Widerstreben läßt uns aufbegehren, das gleiche Bedürfnis, uns davon zu distanzieren . . .
Aber, was habe ich gemacht? was ist mir widerfahren? Wie konnte ich nur wegen einer Kleinigkeit, wegen dieser Geste, die nichts besagt, derentwegen ich nicht beurteilt werden darf, wie konnte ich mich nur fangen lassen, drängen lassen, hier hineinwerfen lassen, mitten unter diese Leute, mich mit diesen

engstirnigen, kaltblütigen Personen einsperren lassen, ich bin nie einer von ihnen gewesen, ich habe nie etwas mit ihnen gemein gehabt . . . Ich war die Aufmerksamkeit in Person, meine Bewunderung kannte keine Grenzen . . . Ich habe übrigens Zeugen, ich kann sie Zeugnis ablegen lassen, die Ohren müssen Ihnen geklungen haben, ich konnte Sie nicht genug loben . . . Sie hatten mich beglückt, ich trank Ihre Worte, ich nahm sie in mich auf, ich ließ mich von ihnen durchdringen, als es plötzlich zu dieser Bewegung kam . . . ein Augenblick der Zerstreuung, ein leichtes Nachlassen der gespannten Aufmerksamkeit . . . – Aha, das ist es sicher, allzu lange, allzu viel der . . . Bemühung . . . – Bemühung? . . . Ja, einer Bemühung, um aus den Augen die wohltuenden Fluten der Zustimmung fließen zu lassen . . . damit ein weit offenes Schweigen etwas ansauge, etwas aufkommen, aus dem anderen hervorquellen und immer höher emporsprudeln lasse . . . damit im gewünschten Moment ein kurzer Fingerzeig, ein Wort, ein Lächeln, ein Kopfnicken einen neuen Impuls verleihe und vermeide, daß der Wasserstrahl abgelenkt und die Berieselungsmenge gesenkt wird . . . genausoviel wie nötig, nicht mehr . . . der tüchtige, erfahrene Gärtner weiß, welche Pflege er so empfindlichen Pflanzen angedeihen lassen muß . . . und wie froh er ist, wenn er sie wachsen und aufblühen sieht . . . wie er sich über sie beugt, um das Ergebnis zu beobachten . . .

Aber was ist denn das schon wieder? Woher sind diese Bilder vom Gärtner und von Pflanzen aufgetaucht? Wir beide gehörten doch der gleichen Gattung an . . . Ja, der gleichen Gattung, wie der Pädagoge und sein Mündel, wie der Psychiater und sein Patient . . . einer beobachtet den anderen von seinem Platz, von seiner Warte aus, einen gewissen Abstand wahrend . . .
Der Abstand – darauf kommt es an, wir beide wissen es genau. Ist man einmal soweit, kann man noch weiter gehen . . . bis dahin, wo sich der Lügner befindet, wenn er beobachtet, wie die Wörter, die er umsichtig gewählt, wohlweislich gewägt und meisterlich in die Betonungen reinster Aufrichtigkeit und edelster Entrüstung gehüllt hat, in dem von ihm Betrogenen fortwirken, wenn er sieht, wie sie die Anwandlungen von Ungläubigkeit beschwichtigen und jeden Argwohn vernichten . . .
Und weiter noch . . . dahin, wo der Giftmörder sich befindet, wenn er sieht, wie sein Opfer ihn dankbar anblickt, aus seinen Händen das Glas mit dem Elixier nimmt, dem der Meuchler ganz vorsichtig das genau dosierte Gift beigemischt hatte, es an seine Lippen führt und trinkt . . .
Und noch weiter . . . Aber es gibt kein noch weiter mehr, wir sind am Ende . . . Sie sehen, wie weit wir Schritt für Schritt getrieben, bis zu welchem Abstand wir, vom Schwindel erfaßt, auseinandergerissen wurden . . . Wir müssen zurückkehren, uns wieder-

finden, uns verbinden, wir müssen miteinander verschmelzen . . . – Hören Sie mal, ich wollte Ihnen sagen, da ist etwas, worüber ich mit Ihnen sprechen wollte, ich wollte Sie fragen, ich wüßte gern Ihre Meinung . . .
Und er setzt sich überdrüssig, genötigt wieder hin, er drückt seinen Rücken an die Sessellehne und beobachtet mich . . . Regungslos. Stillschweigend.

Das ist sehr gut, es ist ausgezeichnet, es ist nun an ihm, sich nicht mehr zu rühren und zu sehen, wie ich etwas suche, zu ihm bringe, vor ihm hinlege . . . gefällt ihm das? Nein, man möchte meinen, daß es ihm mißfällt . . . Aber er soll nur nicht ungeduldig werden, er soll sich nicht abwenden, er soll mir eine Chance lassen . . . – Ich weiß nicht, ob Sie es gesehen haben . . . ich habe es erst kürzlich gelesen . . . Ich glaube es deckt sich mit dem, was Sie denken, es ist, wie mir scheint, Wasser auf Ihre Mühle . . . Er kneift nachdenklich die Lippen zusammen . . . – So, glauben Sie das? Ja, vielleicht . . . sein Blick ist leer, er ist nicht mehr bei der Sache . . .
Es ist mein Fehler, ich habe es falsch gemacht, ich ließ nicht ab von meinem Gedanken, ich beschäftigte mich nur noch mit ihm, ich zeigte ihm, wie sehr ich ihn schätze, wo es doch nun, nach dem Vorhergehenden, an mir ist, mich ihm gegenüber auszusprechen, ihm etwas zu unterbreiten, etwas vorbehaltlos

vor seinen Augen auszubreiten, um ihn dafür zu gewinnen, es ihn bewundern zu lassen . . . Alles gehört ihm . . . nichts ist zu schön . . . ist das schön genug? . . . Ah, hier, ich hab's gefunden . . . Ich habe da in einem verborgenen Winkel, ich habe es wie meinen Augapfel gehütet, es ist noch empfindlich, es hat kaum Form angenommen . . . Ich zögere einen Moment . . . aber ich kann nicht widerstehen . . . – Wissen Sie, ich wollte Ihnen sagen, ich möchte, ehe Sie gehen, mit Ihnen darüber sprechen . . . ich habe noch bei niemandem etwas darüber verlauten lassen . . . es ist noch nicht ausgereift . . . es ist eine Idee, auf die ich vor kurzem gekommen bin . . . ich glaube, daß da etwas dran ist, was . . . Meinen Sie nicht auch, daß sie hinsichtlich gewisser Tatsachen erlaubt, Vergleiche anzustellen und zu erklären, was . . .

Mein Blick folgt ihr . . . sie ist auf dem Wege, ich sehe überall, wo sie vorübergeht, wie man zum Vorschein kommt und, durch sie angelockt, sich um sie schart . . . ich treibe sie ein wenig an, ich kann meinen Blick nicht von ihr lassen . . . Sehen Sie, ich brauche nur mit Ihnen darüber zu sprechen und schon nimmt sie Form an . . . gewinnt sie an Festigkeit, dank Ihnen . . . – Das ist sehr freundlich von Ihnen . . . aber, um ehrlich zu sein, muß ich zugeben . . . ich kann Ihnen nicht ganz folgen . . . Ich erkenne gerne an, daß sie recht verlockend ist . . . es ist eine jener Ideen, die anfangs . . . wenn man sie nicht gründlich untersucht . . . ja, sehr gründlich . . . Er reckt sich . . . Seine Augen leuchten, Speicheltröpfchen glänzen an seinen aufgeworfenen Lippen . . . er packt sie, er tastet sie fieberhaft ab, er preßt sie zusammen, er zerquetscht sie . . . – Nein, nicht das, Sie verunstalten sie, Sie verfälschen sie, Sie sind voreingenommen, Sie haben nicht das Recht, seien wir ehrlich . . .

– Seien wir ehrlich? . . . Ah, sehen Sie wohl, dahin führt es, wenn man auf seinen Rang, auf seine Vorrechte verzichtet und sich so, ohne weiteres, schutzlos vorwagt, in einer schlichten Verkleidung, im Glauben, nicht erkannt zu werden, für einen von den Meinigen gehalten zu werden, für meinesgleichen, für meinen Bruder . . . Und dann, sobald ich mich nähere, sobald ich ein wenig zu nah heranrücke . . . dieser Rückzieher und diese Zurechtweisungen: »Seien wir ehrlich . . . Wir sind unter ehrlichen, anständigen Leuten . . . unter anständigen, rechtschaffenen Menschen . . . unter echten Gentlemen« . . . wobei er hofft, mich zu besänftigen . . . Aber ich, weißt du, diese feinen Manieren, diese Beachtung der Regeln, der Anstandsregeln, wenn ich Lust bekomme, mich zu amüsieren . . . tja, nun, nachdem du so unvorsichtig warst, dich mit mir einzulassen, mir deine schöne, noch unversehrte, jungfräuliche Idee vorzuführen . . . gib zu, daß du dir für eine Anfängerin, für deren ersten Ausgang wirklich etwas Besseres hättest einfallen lassen können . . . Wie soll ich da widerstehen, die Gelegenheit ist zu günstig ... Aber, ärgere dich bloß nicht, es ist mein gutes Recht, oder? Man sehe nur sein Gehabe ... wie er sich aufrichtet, seine Augen blitzen ... gleich wird er sich, all seinen Überzeugungen zum Trotz, gegen mich aussprechen, gegen seinesgleichen, wobei wir nur einer sind, durcheinandergebracht, miteinander vermischt, verschmolzen, Prinzen und Bettler, ohne dem Rang gebührende Vorrechte, ohne vom Himmel empfangene Ermächtigungen ...

– Was ist Ihnen widerfahren? Sie sind ganz blaß ... – Ich wage nicht, es Ihnen zu sagen, ich werde nie wagen, es Ihnen zu erzählen ... ich war plötzlich ganz durchgedreht ... Ich bin hingegangen, um darüber zu sprechen, das sollte man nie tun ... über eine Idee, die mir besonders am Herzen lag ... ich kann so was nie für mich behalten ... – Ah, ich verstehe schon ... Mal los, heraus damit, zu wem sind Sie wieder gegangen, um auszuliefern, was ... Sie schauen einander an: Nein wirklich, er ist unverbesserlich ... Es ist nicht zu glauben ... Zu diesem Dummkopf sind Sie gegangen, um ihn zu fragen ... – Ein Dummkopf? – Das ist doch klar ... zweifeln Sie daran? Ich kann es mir von hier aus vorstellen, wie ... es hat ihn sicher aus der Fassung gebracht ... er traute seinen Ohren nicht ... – Das heißt, es machte ihm Spaß, sich über mich lustig zu machen . . . Während ich, ganz von der Idee erfüllt, ein Argument nach dem anderen anführte und dabei dachte, er sei vertrauenswürdig . . . daß es genügte . . . daß ich nicht wußte, wie ich es angehen sollte . . . bis ich dann plötzlich merkte, daß die Idee selber für ihn . . . nur ein Anlaß war, mich zu . . . – Haben Sie dieses Spielchen denn lange fortgesetzt? – Ich spielte nicht . . . er war es . . . Schließlich war ich immerhin imstande . . . ich mußte mir einen Ruck geben, ich faßte all meinen Mut zusammen . . . ich habe ihm bedeutet, er brauche sich nicht weiter zu bemühen . . . Sie zischen bewundernd . . . – oh, was Sie nicht sagen! . . . ihm bedeutet, er brauche sich nicht weiter zu bemühen . . . Na, sagen Sie mal, was für ein Fortschritt . . . – Nun ja, bedeutet . . . Nicht so, wie Sie meinen, Sie wissen genau, daß mir so was gar nicht möglich ist . . . Ich sah hinunter auf mein Handgelenk und warf einen Blick, und zwar einen bedeutungsvollen . . . auf meine Uhr . . . – Und dann? – Dann ist er aufgestanden. Und zu meiner großen Befriedigung verabschiedete er sich . . . – Ohne daß es Sie schmerzte? Ohne daß diese Demütigung . . . – O nein, ich war weit davon entfernt, zu weit, ich fühle mich keinesfalls betroffen. – Na, dann bravo, ich gratuliere . . . keinesfalls betroffen . . . Sie waren zu weit weg . . . Weit weg von wem? antworten Sie. – Nicht so wichtig . . . ich war weit weg, ich war zurückgesprungen, um mich zu schützen, um sie zu schützen, sie vor allem, die Idee, um sie zu retten . . . – Sie haben sich also von ihm getrennt. Keine Osmose mehr. Sie waren Sie. Er war er. Er, verstehen Sie. Sie brauchen nicht zu glauben, er sei ein Dummkopf . . . – Nein, so was könnte ich nicht . . . – Kann ja auch sein, daß er feige war, daß er fies war . . . – Oh, ich weiß nicht . . . – Nein, das ist zu stark, nötigen Sie ihn nicht, man darf nicht zu schnell vorgehen . . . Sagen Sie sich nur, daß Sie Sie waren . . . – Ich? – Gut, vergessen Sie das, sagen Sie sich, daß er er war. Ein anderer. Ganz verschieden . . . – Wie sagen noch gewisse Rassenhasser? »Sie sind nicht minderwertig. Sie sind anders.« . . . – Vorsicht, er wird von neuem damit beginnen . . . – Nein, nein, glauben Sie das nicht. Man hat mir eine Lehre erteilt. Ich werde sie nicht vergessen. Er ist er. Ich bin ich. Wir sind wir. O ja, ich verstehe: Wir, aber voneinander getrennt, einander nur am kleinen Finger haltend . . . Sie sind Sie. Die sind die.

Das ist es, was man fühlt, wenn der Wärter, der den Ausgang überwacht, nach Überprüfung des vom Arzt unterschriebenen Attests, einen freundlich anlächelt, das Gittertor öffnet und einem die Hand drückt . . . »Weiter gute Besserung, Auf Wiedersehen, nein, was sage ich? nicht Auf Wiedersehen, ich hoffe sehr, daß es diesmal ein Auf Nimmerwiedersehen ist« . . . und wenn man sich wieder im Freien befindet, noch ein wenig verdutzt, alles sieht noch so ungewohnt aus . . . aber Vorsicht, keine Wörter mehr wie »ungewohnt« oder »fremd« . . .

Nein, alles scheint wirklich und wahrhaftig da zu sein . . . alles sieht unwandelbar aus . . . Du warst es, der das alles erbeben und zerfallen ließ, sie haben sich nie vom Fleck gerührt, sie sind immer an ihrem Platz geblieben, auf ihrem Posten, zu jedermanns Verfügung . . . Leuchtende Schilder, Auslagen, Mannequins in den Schaufenstern und in den schillernden Vitrinen. In der grellen Beleuchtung der Cafés scherzen der Wirt und die leutselige Wirtin, sie schwätzen mit denen, die an der Theke ihr Glas Roten oder Weißen oder ihren grün-weißlichen Anisett süffeln . . . Auf Ihr Wohl . . . man blickt einander tief in die Augen . . . das Klingen von Gläsern, die sanft aneinandergestoßen werden . . . behutsame Berührungen, scherzhafte Liebkosungen, Veräppelungen . . . der eine oder andere wird ins Bockshorn gejagt, was jeder sich gern gefallen läßt . . . Ah, nun kriegt er einen roten Kopf . . . Man kennt ihn ja schließlich, diesen Taugenichts . . . sie lachen los . . . es ist ein schallendes Gelächter braver, biederer Leute . . . ein hallendes Gelächter aus den hellen Kehlen junger, kräftiger Kerle . . . ein heiseres Gekicher kleiner Greise . . . Wißt ihr, daß ich seit gestern meine achtzig Jahre auf dem Buckel habe . . . Ach was, so ein Unsinn, du bist viel jünger als ich . . . Viel jünger als du? . . . Willst du wissen, in welchem Jahr ich in den Ruhestand getreten bin? Jawohl, mein Herr, so ist es . . . Ein gutmütiges Lächeln, das sein runzeliges Gesicht noch runzeliger macht . . . Du willst mir nicht glauben? Na hör mal, du siehst nicht mehr klar, setz deine Brille auf, schau mich an, schau dir meine Hände an . . . Oh, der eitle Bursche, er möchte, daß man ihm sagt . . . Na, wißt ihr, es stimmt ja auch, daß er noch Feuer fängt . . . Herzensbrecher, du . . . Ah, ja, du hast gut reden . . . Na, alter Knabe, und du, mir scheint, daß es lange her ist . . . Wie geht es mit dir? Immer noch mitten in deinen Papieren? . . . Leider, was wollt ihr, es muß ja sein . . . Ja, gewiß, jedem seine Tätigkeit, jedem seine Sorgen, jedem seine Mühen . . . Du siehst müde aus, du bist doch nicht etwa krank gewesen? . . . Nein . . . Doch . . . ein wenig . . . nun ja, es war nichts, nicht der Rede wert . . . Na dann, um so besser, komm, trinken wir auf deine Gesundheit . . . Danke, auf dein Wohl, mein Lieber . . . Los, ich spendiere eine Runde . . . Ah, aber das Maß ist noch nicht voll . . . wir werden nämlich nach Hause gehen müssen . . . Ich kann mich auf eine Gardinenpredigt gefaßt machen . . . Los, los, zu Tisch, Mahlzeit . . . Wie wohltuend! Welch außergewöhnliches Glück, hier bei ihnen zu sein. Einer von ihnen. Unter uns diese kugelrunden, glatten Wörter auszutauschen, die warm und beschwichtigend sind wie das ruhige Bullern des Ofens.

Sie alle. Er. Ich. Gespiegelt in ihren Augen, wo nichts flackert. In ihren Gesichtern ist keine Spur von Unruhe. Sie wissen jedesmal, wer da vor ihnen steht, sein Glas erhebt und es an ihre erhobenen Gläser stößt . . . Ein netter, kleiner Bursche, nicht immer einfach, ein bißchen zu aufbrausend, aber was wollen Sie, keiner ist vollkommen . . . Ein bildhübsches Mädchen, für meinen Geschmack etwas zu kokett . . . Sie, dagegen, ist ganz anders, wie eine Glucke besorgt um ihre Kinder . . . Und er, der Papa, ein Witzbold, ein Schalk . . . Sag lieber, bei ihm rieselt schon der Kalk . . . Braver Alter, ah, er ist nicht immer so gewesen, aber in den letzten Jahren hat er nachgelassen . . . Was wollen Sie, da hilft gar nichts, mit seinem Alter muß sich jeder abfinden. Der Organismus wird nicht jünger . . . Und doch sieht sie immer noch so hübsch aus. So gut erhalten. Wohlgeborgen und vollkommen sicher in der Gestalt, die ihr ziemt. Feines goldsilbernes Haar. Zartes, verwelktes Gesicht. Rundliche, von Äderchen durchzogene, mit Fleckchen bedeckte Hände, die auf ihren Knien ruhen, zwischen denen ihr molliger Rockschoß eine Mulde bildet . . . Sie spielt mit . . . Bei welchem Spiel? Überkommt es dich schon wieder? Es ist kein Spiel. Sie ist wirklich so. *Ist,* verstehst du? Du mußt dich ein für allemal daran gewöhnen. Ja, tun wir so, als hätte ich nichts gesagt. Ich habe, wie Sie wissen, solche Momente der Verwirrung, der Abwesenheit dessen, was man den Sinn für die Wirklichkeit nennt. Ja. Ist . . . Jeder von uns, das kannst du uns glauben, würde sie lieber so sehen, wie sie war. Feine, ein wenig grazile Hände. Hübsches, rundes Gesicht. Eine Haut wie Rosenblüten. Üppiger, aschblonder Haarknoten. Wespentaille. Es war eine Wonne, sie einen Walzer tanzen zu sehen . . . Aber, sei doch vernünftig. Wenn man auf dich hörte, würde man einen Walzer mit diesem kleinen, tiefgebeugten Alten tanzen, der da so langsam, mit zur Erde geneigtem Gesicht voranschlurft . . . Ja, eben, weil . . . Weil er . . . Nein, vielmehr weil er nicht . . . Er ist nichts von alledem, was man sieht, das versichere ich Ihnen . . . Man braucht ihn nur zu fragen . . . – Ihn was zu fragen? Ob er sich so wie mit

zwanzig fühlt? – Nein, nicht so was. Man braucht ihn nur zu fragen, was da, wenn er sich mit gekrümmtem Rücken voranbewegt, was ihn weitergehen, ihn da vor sich hinblicken läßt . . . auf die unebenen Fliesen, die alten Pflastersteine, zwischen denen Grasbüschel . . . liebe, verwitterte alte Steine . . . er kennt jede Form von ihnen . . . sehen Sie, er bleibt stehen, er bückt sich, hebt etwas vom Boden auf und hält es in der Hand, untersucht es . . . man kann es nun probieren . . . es ist der richtige Moment . . . – Na, dann frag ihn doch . . . – Wie denn nur? Wie soll man es sagen? Wo soll man Worte finden, und welche? Es gibt hier bei euch keine Wahl. – Nimm deine . . . – Unmöglich, ich habe keine, und wenn ich welche hätte, würde es ihnen nicht gelingen, es zu . . . – Dann mußt du eben mit unseren vorliebnehmen. Sie sind nicht übel, weißt du. Hier, versuch es mal mit diesen: Na, Vater Varenger, wie geht's? – Nein, das nicht . . . nicht »wie geht's«, nein, lachen Sie nicht . . . Besser wäre: »Man fühlt sich wohl, finden Sie nicht auch?«
Er hebt den Kopf. Sein durch das Alter verhärtete Gesicht wird noch härter . . . – Man fühlt sich wohl? Soll das ein Witz sein? Man fühlt sich wohl! Ich möchte dich mal an meiner Stelle sehen. Nur die Mühe, die es kostet, um sich zu bücken . . . – Ja, ich weiß, ich wollte gerade sagen, daß hier, jetzt gerade, als Sie die Pflastersteine, die Grasbüschel betrachteten . . . als Sie etwas aufgehoben haben . . . Er droht

mit seinem Spazierstock ... – Machst du dich über mich lustig? Ich fühle mich wohl, ich? Ich fühle mich wohl, das wagst du mir zu sagen? Was haben sie bloß in der Brust, diese Knirpse? Was haben sie bloß im Kopf? Was hat man ihnen beigebracht? Sie haben nicht einmal mehr Ehrfurcht vor dem Alter, vor den Gebrechen. Mach schon, du brauchst nicht lange, um es zu begreifen. Du wirst sehen, das wird schnell vorübergehen, das geht schneller vorüber als du ahnst, es wird nicht lange dauern, bis du so bist wie ich. In dem gleichen Zustand.

Ja, im gleichen Zustand. Vornübergebeugt gehend, die Grasbüschel zwischen den alten Pflastersteinen betrachtend, die von einer verwitterten gelblichen Schicht bedeckt sind, welche fest damit verbunden ist ... Nur deswegen sich damit abfinden ... wegen irgend etwas ... sich damit abfinden, tiefgebeugt zu sein, in einem Krankenwagen spazierengefahren zu werden ... Nein? Nicht einmal das? Nicht einmal mehr spazierengefahren, keine Grasbüschel, keine Pflastersteine mehr, nur ein Krankenhausbett und diese weiße, ganz glatte Wand, auf die dann und wann durch die Milchglasscheibe ... Nein, nicht einmal ein Sonnenstrahl ... der weiße Stock stößt auf den Bürgersteig, an eine Stoßstange, gegen eine Wagentür ... wird hin- und hergeschwenkt ... sucht ... all diese Geräusche, all das Geklirr ... nicht einmal das ... die Stille ... gerade während dieses Schwebezustands ohne Vergangenheit und ohne Zukunft . . . nur . . . was? Versuch doch, ihm das zu sagen, es ihm darzulegen, wenn du es wagst . . . nur zu, biete es ihm an, gehüllt in deine Worte, ein hübsches, kleines Juwel, eingefügt in ein schönes, gehärtetes und geschliffenes, ausgewähltes Stück, eins von jenen, die man Kindern als Diktat vorliest . . . Ah, du wagst es nicht . . . Man bleibt schließlich doch an seinem Platz, in respektvollem Abstand. Verlegene Blicke, die von ehrerbietigem Mitleid erfüllt sind . . .

Der Rücken rundet sich noch mehr, der Kopf mit den starren Gesichtszügen wird wie ein Pendel ganz leicht hin- und herbewegt . . . – Ja, ja . . . die Stimme ist sanfter geworden . . . ja, so ist das. Man muß die Dinge sehen, wie sie sind. Der Tag ist nicht mehr fern, da . . . – Oh, nein, sagen Sie das nicht, wir sind alle, wissen Sie . . . es gibt jeden Tag so viele junge Leute, die . . . Der Kopf richtet sich auf, durch die schillernden Hornhautflecken, die seine Augen bedecken, dringt ein entrüsteter Blick . . . – Wieso: Sagen Sie das nicht?! . . . Sie sind gut . . . Es gibt Zahlen, junger Mann, es ist leicht auszurechnen . . . Ich habe übrigens keine Angst. Ich habe mich schon lange damit abgefunden. Ich habe mir sogar meinen Platz ausgesucht. Ich weiß, wo ich ruhen werde.

Das zusammengeschrumpfte, rosa umrandete Auge betrachtet mit dem Ausdruck eines zufriedenen Regisseurs den Film, der sich gerade abspielt . . . Alle um ihn herum, die nicht wagen, sich davon abzuwenden, schauen ihn ehrfürchtig schweigend an. Langsame, gemessene Bewegungen. Verschlossene Gesichter, um ihren unermeßlichen Kummer nicht durchblicken, nicht durchsickern zu lassen . . . da, noch besser, über ein paar erstarrte Gesichter fließen, ohne daß es jemandem einfiele, sie abzuwischen, Tränenrinnsale. Er liegt in der Mitte. Von Kerzen sanft beschienen. Adel. Würde. Reinheit. Sie übertragen sich auf jeden von all jenen, die nun vorbeiziehen, ganz konzentriert in der Geste der Hand, die den Weihwedel nimmt und ihn durch die Luft schwenkt . . . die aus der Hand, welche sie ihm reicht, die Schippe nimmt, in den Haufen sticht, sie anhebt, sie auskippt . . . körniges Geräusch der aufprasselnden Erde . . . zwitschernde Spatzen, gurrende Tauben . . . würzig riechende, frisch bewegte Erde, duftende Blumen . . . jeder hat ebenso wie jeder andere die gleichen schwermütigen, tiefgründigen Gefühle. Jeder erkennt sie in den Blicken, die sich zerstreut und flüchtig auf die eigenen Augen richten.

Jeder sieht, edler und ernster als alle anderen, die junge Mutter unter ihrem langen Schleier, der bis über ihren runden Bauch hinabfällt . . . Es ist, als ob die Blicke, die sie heimlich streifen, an den Konturen dieses Bauches zerren, ihn vorspringen lassen, ja, mehr noch als es das Drängen des jungen Lebens tut, das sie in ihrem jungen Schoße trägt . . . nur ein wenig mehr, ohne daß sie es merkt . . . ist es jedoch sicher, daß sie es nicht spürt? . . . Sie alle, Sie spüren es, nicht wahr? Sie sehen, was dort los ist . . . an jener Linie des Bauchs, der etwas zu weit vorspringt, an jenem Rücken, der sich etwas zu weit zurückwirft, damit es sich noch besser abzeichnet unter dem Trauerschleier . . . Keiner sieht es? . . . Keiner. Wer wird in einem solchen Augenblick so was beobachten? Wer wagt es schon, es jener gegenüber an Respekt fehlen zu lassen, die in ihrem Leib zusammengekauert das heilige Gut bewahrt, das unsere Zukunft, unsere Hoffnung, all unser kommendes Glück ist? Wer würde es wagen, dies der Verwaisten am Rande des Grabes zu entziehen, ihr dies Gefühl zu rauben, das sie hat . . . dies wonnevolle . . . wie kann man es nur wagen, es zu sagen . . . Nun ja, ich wage es . . . dies wonnevolle Gefühl, ganz sicher eingeschlossen zu sein in dieser Gestalt, welche unsere ehrerbietigen, dankbaren, gerührten Blicke von Untertanen umreißen, die jene Würdige und unter ihrem Trauerschleier Starke betrachten, die bald die Stufen des Throns emporsteigen wird, wobei ihr zarter Hals unter dem Gewicht der schweren Krone aufgerichtet ist, und der Rücken von der unermeßlichen, mit Smaragden und Diamanten geschmückten Satinschleppe zurückgezogen wird. Der König ist tot, es lebe der König ... Nun möchte keiner von ihnen das Band zwischen uns zerreißen und sich weigern, von dem, der sie ihm mit dem Weihwedel und der Schippe reicht, diese Worte anzunehmen: »Die weinende Mutter lächelt das Neugeborene an!« Ich allein, ja, ich will davon nichts wissen, reicht es den anderen, ich unterbreche den Kreislauf, ich trete aus dem Glied, ich nähere mich der jungen Mutter von hinten, ich packe sie an den Schultern und zwinge sie, sich nach vorn zu beugen ... allein ... keine gerührten, liebkosenden Blicke mehr ... Allein in der Welt ... ihrerseits bereit ... nur noch den einen Wunsch, zu folgen, sich anzugleichen ... ganz genauso zu sein ... Siehst du unsere aneinandergelegten Hände, die gleichen, es ist erstaunlich, eines jener Wunder ... wie kann so etwas bis ins kleinste übertragen werden? ... siehst du, jeder Finger von mir, der an einem von deinen liegt, hat genau die gleiche Form ... Nacheinander hebst du die Enden meiner Finger einzeln an und nimmst sie zwischen Daumen und Zeigefinger, du schüttelst sie sachte, deine Stimme klingt schriller, um meiner Kinderstimme zu gleichen ... Dies ist der Daumen, der schüttelt die Pflaumen, der hebt sie auf, der trägt sie nach Haus, und der kleine Schlingel ißt sie alle auf ... Oh, nochmal, noch einmal, Papa ... Seine Hände, seine Finger, diese kleine Kerbe, diese Narbe, die sich bildete, nachdem er sich mit einem Handbeil an der Kuppe des Zeigefingers verletzt hatte, weil er wissen wollte, was man dabei fühlt, kleiner Bengel, kleiner Draufgänger, kleiner Spaßvogel, junger Vater . . . in welchem Alter war er denn? nein, wie jung er noch war! . . . und dann, immer ganz würdig, mit Mühe gehend, aber nie das geringste Wort, um sich zu beklagen, stoisch bis ans Ende, mit glücklicher Miene, »Mir geht es gut . . .«, wenn er in Momenten der Erleichterung vor sich hinschaute . . . wenn er einen anschaute, mit jenem Blick, erinnerst du dich? mit jenem Blick voll zärtlicher Aufmerksamkeit, den er manchmal hatte . . . – Das ist wahr . . ., aber es gab ja doch auch Momente . . . sein Zorn, diese Wut, du weißt doch . . . – O nein, nicht das . . . – Dies Bedürfnis, euch zu packen, euch an sich zu drücken, um diese Kälte auf euch zu übertragen, um sie in euch eindringen zu lassen . . . euch an sich gepreßt zu halten, während ihr schon kalt, schon hart geworden wart . . . »Ihr werdet sehen, das geht schnell vorüber, viel viel schneller als man ahnt« . . . Nein, nicht das . . . worauf willst du hinaus? Paß auf, du wirst doch nicht wieder von neuem anfangen? Freilich, wer weiß es nicht? er war nicht aus einem Guß. Er war wie jeder von uns, aus verschiedenen Stücken, wie die buntscheckigen Steppdecken . . . nein, laß das, rühren wir nicht daran. Laßt ruhen in Frieden. Lassen wir ruhen. Ja, in Frieden.

Seid ruhig, ich werde nicht daran rühren, der Himmel möge mich davor bewahren. Ihr könnt, wenn es soweit ist, eure Arbeit tun. Ich werde euch nicht stören. Ich werde euch sogar helfen, ich bin geschickter als ihr glaubt. Ich bin voll guten Willens, durchaus bereit, mich zu beteiligen . . . Setzen wir sie hierhin, auf ihren Diwan mit dem Samtbezug in einem etwas verblaßten Blau, das zum Emailschmelz ihrer Augen paßt . . . legen wir unsere runden Handballen auf die Pölsterchen ihrer Hände, die mit goldbraunen Fleckchen bedeckt sind, kuscheln wir unser Gesicht in die molligen Falten ihres Rocks . . . ihre Finger streicheln unseren Nacken . . . Schaut euch das mal an, seht, in welchem Zustand er sich wieder befindet, mein kleiner Narr, mein Dummerchen . . . Was will er schon wieder? Welche Ideen spuken in seinem Kopf herum? – Nichts, ich versichere es dir . . . Du hast uns aber versprochen. Erzähl uns, du erzählst so gut. Sag du uns, du hast ihn ja so gut gekannt, du hast doch dieses Glück gehabt . . . – Das ist wahr . . . ihre Stimme ist zerbrechlich, eine zerbrechliche

Stimme, etwas zitterig, etwas rissig . . . die richtige Stimme zum Erzählen von Märchen. Omamärchen. Ammenmärchen . . . Ihr habt recht, ich habe Glück gehabt. Er war wirklich einmalig. Ich sah nie wieder jemand, der so wetterwendisch war wie er . . . der im Nu vom Winter in den Frühling, vom Tag in die Nacht hinüberwechselte. Ein Sonnenstrahl und übersprudelnd vor Fröhlichkeit, vor Ausgelassenheit . . . er vergnügte sich wie ein kleiner Junge, und dann, auf einmal, ohne offensichtlichen Grund, man wußte nie, welche Laus ihm über die Leber gelaufen war, welche Idee ihm durch den Kopf geschossen war, plötzlich wurde er mißmutig, finstere Wolken ballten sich über uns zusammen, und es war nichts mehr zu machen, man konnte nur noch warten, bis das Donnerwetter ausbrach . . . jeder machte sich ganz klein, jeder hoffte, verschont zu werden . . . Und dann wieder blauer Himmel, zärtliche Hänseleien, drollige Historchen . . . die Offenherzigkeit eines Kindes. Er war manchmal demütig, wenn er sich schuldig fühlte, wenn man ihm etwas verzeihen sollte . . . Wer hätte in gewissen Fällen großmütiger sein können? Großherziger? Im Grunde war er ganz bescheiden. Nichts ärgerte ihn mehr als knechtische Unterwürfigkeit, als alberne Bewunderung . . . es machte ihm Spaß, blökenden Schafen, die bereit waren, alles zu glauben, Angst einzujagen . . . Ich sehe ihn, als ob er vor mir stünde . . . mitten in einer Unterhaltung . . . alle um ihn herum versuchten zu

glänzen . . . jemand erzählte gerade etwas über die Sklaverei in Sparta. Es war die Rede von den Heloten . . . Und er, der mit gesenktem Kopf den Ausführungen zu folgen schien, ich sehe noch seine roten Hängebacken wie Wülste über seinem weißen, gestärkten Stehkragen, er trug nur solche »Vatermörder« . . . Kurzum: er hebt plötzlich den Kopf, seine regungslosen Augen starren vor sich hin wie der Blick eines Stiers, er schlägt mit seiner dicken, behaarten Ringkämpferfaust auf den Tisch, er ruft mit seiner rauhen Stimme: »Steht auf, ihr Toten! Steht auf, ihr Toten!« Wenn ihr gehört hättet, wie sie um ihn herum blökten: »Öh, öh, Meister, wir sprachen über die Heloten . . . öh, über das Helotentum . . .« so was machte ihm einen Mordsspaß . . .
Und wir haben auch unseren Spaß daran, wir lachen, wir sind ganz selig, wir stoßen einander mit den Ellenbogen an, wir schubsen einander auf der Bank . . . – Oh, erzähl uns noch mehr, schildere uns noch andere Leute dieses Schlages, du hast so viele von ihnen gekannt . . . noch drolligere, noch verblüffendere . . .

Man kann sich noch etwas Besseres einfallen lassen, Spiele, die noch viel spannendere Konstruktionen erlauben, und die nur von Erwachsenen gespielt werden . . . Hier, für den Anfang, eine Daguerreotypie . . . Alle Züge dieses Gesichts, die Linie der Lippen, der Wangen, der Stirn und der Ausdruck der Augen rufen in jedem sofort das Wort »Denker« oder das Wort »Dichter« hervor und verbinden es hinfort damit. Und nun, hier, ein Blatt Papier, bedeckt mit einer feinen, zarten, zusammengedrängten, stellenweise etwas zitterigen Schrift . . . es ist ein Brief an jenen eingebildeten Krautjunker, jenen preziösen Federfuchser, der damals den Ton angab . . . Aus jedem Satz sieht man es sickern, triefen . . . man braucht es gar nicht gründlich zu untersuchen, man erkennt es auf den ersten Blick, es ist Schmeichelei, es ist Speichelleckerei . . . Dem beigemischt ist auch eine Demut, die an Selbsterniedrigung grenzt . . . Aber, Vorsicht, wir sollten uns hierbei nicht täuschen, Demut ist nicht das Richtige . . . Nein, mal sehen, es ist keine Demut, es ist Verstandesschärfe. Ja, eiskalter Scharfsinn. Zynismus. Geringschätzung . . . Man könnte noch die Entdeckung machen, daß . . . aber man darf sich leider nicht lange mit einem einzigen Dokument aufhalten, es gibt so viele davon . . . Hier eine Notiz, die zwar hastig gekritzelt wurde, aber sehr aufschlußreich ist, eine wahre Goldgrube . . . einer jener Schätze, die der Stolz von Privatsammlungen und Museen sind . . . Was sich von dort als undurchsichtiger Dampf absondert, muß verdichtet, gesammelt und isoliert werden als: Verfolgungswahn. Lust am

Scheitern. Masochismus. Und hier, aus diesem, in seinem Tagebuch gefundenen Bekenntnis hervorgehend: das Strebertum. Und auch die Schwäche für offizielle Ehrungen. Neidisches Verlangen. Und erkennt ihr in diesen wenigen Wörtern, die in seinem Notizbuch stehen, das er stets bei sich trug, nicht etwa den Beweis für seine Gefallsucht? . . . Gefallsucht? Selbst dort? . . . Eben! Als ob er es gewußt, es schon geahnt hätte . . . Nein, ich glaube nicht . . . ich erkenne darin eine Verzweiflung, die ich authentisch nennen würde . . . Und hier Vertrauensseligkeit. Anpassungsfähigkeit . . . sie sollte in die Nähe der Schwäche für Ehrungen gestellt werden, neben das neidische Verlangen. Und diese Freigebigkeit? sie muß gemäß den Spielregeln gekoppelt werden mit der Habsucht . . . die aus seinem Rechnungsbuch hervorging . . . Hier: Sadismus, sein Platz ist dort, beim Masochismus. Taktgefühl . . . gehört hierher . . . Und dieser beinahe irrsinnige Narzißmus . . . Als ich euch sagte, da wäre Gefallsucht . . . Nein, nein . . . aber da gab es irgendwo . . . Ah ja, das fand man in jenem Brief an den Chef der Geheimpolizei . . . ja, seht ihr, er ist ganz durchweicht von Feigheit . . . Das muß hierher, neben den Mut . . . Man war genötigt festzustellen, daß als Mut zu bezeichnen ist, was zu seinem Eingreifen gehört. Und das hier noch? . . . was ist das? wohin damit? . . . Ich kann es nicht mehr sagen . . . ich bin müde, alles trübt sich, verwirrt sich . . . breitet sich aus . . .

unermeßlich . . . konturlos . . . und ich darunter wie eine Ameise . . . Wartet, noch ein wenig Geduld . . . Das Spiel geht zu Ende . . . Es ist vorbei. Der Baukasten ist leer. Wir haben alle Bauteile benützt. Und nun werdet Ihr sehen . . . Ich kann aber nichts sehen, ich krieche, mit der Nase auf dem Boden . . . Man muß aufstehen, Abstand gewinnen . . . Es gelingt mir nicht . . . Warten Sie, man wird Ihnen helfen, Sie werden sich aufrichten . . . fangen Sie dies, halten Sie es gut fest . . . Was ist das? . . . Es ist der Brief an den Polizeichef . . . Halten Sie ihn gut fest und wiederholen Sie: Ich habe nie so was geschrieben. Ich bin dazu gar nicht imstande. Ich bin es nicht. Er ist es. Ein anderer. Ein Fremder. Und diese Mitteilung? Wären Sie nie fähig gewesen, selbst dann nicht, wenn man Sie mit dem Tode bedroht hätte? . . . Nein, ich schwöre es: nie.

Aber ich brauche das nicht mehr, ich bin hochgezogen, emporgehievt worden, wir schweben, wie im Hubschrauber, im Flugzeug, und dort unten kann auch ich die Form sehen, die sich sehr scharf abzeichnet . . . Ja, je höher wir emporsteigen, um so kleiner wird es, um so dichter wird es, um so deutlicher werden seine Umrisse. Es ist jemand, der ganz angepaßt aussieht. Ein Schlappschwanz, der sich gelegentlich zu Kühnheiten aufschwingt. Eingebildet wie kein zweiter. Zuweilen ganz groteske Rollen spielend. Launisch. Stinkfaul. Beinahe krankhaft knauserig.

Hier steht er vor uns, genauso lebendig wie unsere engsten Freunde, wie unsere nächsten Verwandten. Er kommt mit seiner zugleich übertrieben höflichen und verächtlichen Miene . . . Wenn er uns auffordern würde, uns mit ihm auf die Caféterrasse dort zu setzen? . . . Gott bewahre, ich gebe zu, daß ich mich überwinden müßte . . . genau das habe ich immer vermieden . . . aber wie könnte ich es ablehnen? er erweckt ein widerliches Mitleid . . . sein Blick hat etwas Flehendes ... er ist so bedürftig, er ist so allein, der arme Kerl ...

Plötzlich Wörter, eine Strophe, eine einzige, sie schwebt, sie entfaltet sich, sie umhüllt mich, sie durchdringt mich . . . ein heißer Schwaden . . .
Und unsere ganze Konstruktion, dieses geduldig zusammengeklebte Ding, fällt auseinander . . . die ineinandergesetzten Teile lösen sich und fallen hierher und dorthin . . . sie verschwinden . . . die Wörter überdecken sie . . . Mit all ihren Vokalen, ihren Konsonanten dehnen sie, öffnen sie, sehnen sie sich, saugen sie sich voll, blähen sie sich auf, breiten sie sich aus über endlose Weiten, über grenzenlose Glücksgefühle . . .
Es sind Kennwörter, die Zugang erlauben . . . Wörter, die mir nur ins Ohr geflüstert zu werden brauchen, damit ich glückselig nach dort hinüberwechsle, woher sie kommen, wo sie sind, in ewigem Frieden, im »wahren Licht«.

Aber wer ich? Es gibt kein ich, kein er, keine Trennungen, keine Vereinigungen mehr, es gibt nur noch ihr Schwingen, ihr Beben, ihr Atmen, ihr Pulsieren . . . das ein und dieselbe Substanz erbeben und atmen, das ein und dasselbe Leben im gleichen Rhythmus pulsieren läßt . . .

Was ist mit mir los? Ist es wieder eine meiner Krisen? Ist es möglich, daß ich diese Klagelaute, diese schamlosen, unanständigen, lächerlichen Schreie ausgestoßen habe . . . ich erröte davon . . . Wie weit habe ich, nicht mehr an mich haltend, alle Grenzen überschreitend, mich vorwagen können . . . ich, der ich nichts bin . . . Vorsicht hier: Gefahr . . . Ich bin nicht nichts. Nur das nicht. »Nichts« kann mich von neuem dazu bringen . . . Nein. Ich bin . . . so, ich schaffe es . . . Ich finde mich wieder . . . das verdanke ich ihm . . . Ich bin nicht er . . . Nicht er? . . . Nein. Nicht er. Ich gewinne mein Gleichgewicht wieder. Ich habe nicht diese Briefe geschrieben. Nicht diese Rechnungsbücher geführt. Mich nicht um Sitz und Stimme in der Akademie beworben. Ich habe nicht . . . ja . . . das ist es wohl . . . ich habe nicht diese Wörter zu Papier gebracht, ich habe sie nicht in dieser Strophe zusammengefügt. Er war es vielmehr, der auf goldene Blätter schrieb . . . Aber, wenn ich, schwach wie ich immer noch bin, sie ausspreche, kann es mich wieder überkommen . . .

ich werde mich auflösen . . . zerfließen . . . Ich werde sie nicht wiederholen. Es genügt mir die Erinnerung daran, daß sie von ihm sind: das, was man »sein Werk« nennt. Von ihm allein ausgeschieden, während er in seinem Kopf die seichtesten Schmeicheleien formulierte und mit seiner Hand die gemeinsten Denunziationen schrieb . . . während seine Blicke heimlich auf den Gesichtern die Wirkung erspähten, die . . . wodurch erzeugt wurde? . . . Nun ja, denken Sie nur, durch seine Stiefel . . . ein Einzelpaar, das er nach geduldigen Bemühungen, nach langen Überlegungen entworfen hatte und dann anfertigen ließ . . . für die er gezahlt hatte . . . so geizig er auch sein mochte . . . aber er hat nie geknausert, niemals, wenn es sein mußte . . . wenn womöglich . . . es gibt solche Glücksfälle . . . da, im Glänzen dieses Stiefels, den er kokett wippen ließ, den er lüstern betrachtete, endlich, zum ersten Mal aufleuchten würde, was . . .
Wer verfügt heute über Geräte, die vervollkommnet genug sind, um jene Substanz zu isolieren und aufzufangen, die in bisweilen winzigen Dosierungen von seinen vulgärsten Gebärden, seinen alltäglichsten Gedanken, seinen armseligsten Zwangsvorstellungen und Schrullen ausgingen . . . diese aufreizende, empörende Verschwendung dessen, was »den Preis, den Wert allen Lebens« ausmacht . . . diese Schimmelschichten, unter denen er sich versteckte, sozusagen mit Vergnügen . . . ja, mit Vergnügen . . .

Also lassen wir das alles. Es wäre übrigens besser, ein für allemal solche Baukästen zu verbieten, solche unnötig komplizierten Konstruktionsspiele zu zerstören, die einen verdummen und die von Unwissenden für Unwissende wie jene entworfen wurden . . . all diese ausgegrabenen, gesichteten, etikettierten und nach welchen Regeln klassifizierten, in welche Handbücher eingetragenen, von welchen pedantischen Pädagogen erklärten Einzelteile?

Platz! Platz um ihn herum machen! Nichts mehr sagen, Schweigen bewahren! Sich hinfort nur noch seinem Standbild nähern, das mitten auf der großen Esplanade errichtet wurde . . . auf dem Sockel seinen Namen lesen . . . den Blick heben und ihn betrachten, wie er da steht, mit stolz zurückgeworfenem Oberkörper, vor der Brust verschränkten Armen, eine Haarsträhne im Wind, und wie er da mit seinem Marmorblick in die Ferne starrt.

Wie gut es tut, wenn man fühlt, daß man randvoll ist und überfließt von dem, was man Verehrung nennt, Bewunderung und Dankbarkeit.
Wie wohl es tut, sich aus der Ferne zu verneigen und sich dann elegant und würdig wieder aufzurichten. Haltung anzunehmen. Jeder an seinem Platz. Jeder das, was er ist.

Alle das, was sie sind. Ganz in sich selber ruhend. Ihre Bezeichnungen und Eignungen vollkommen rechtfertigend. Kleine, alte, allerliebste Frauen. Reizende Greise, die mit Hundeblicken ihre Hunde spazierenführen. Verliebte, engumschlungen auf den Bänken. Rührende alte Ehepaare, die Hand in Hand im Freien wandeln. Junge, überglückliche Mütter und stolze, junge Väter. Kinder. Vögel, die piepsend herumhüpfen. Katzen . . . Aber die Katzen, wenn sie gut sichtbar, würdig und geheimnisvol posieren . . . man muß sie schon hundertmal überrascht haben, immer dann, wenn sie gar nicht wissen können, daß man sie betrachtet, um sicher zu sein, daß sie nicht so tun, als ob sie Katzen wären, sondern ganz einfach Katzen sind.
Die Kinder hingegen erregen gewöhnlich keinen Argwohn. Sie sind, das ist offensichtlich, echte Kinder. Oder aber, wenn nicht, sind sie halt begabt, sie haben seit ihrer Geburt eine bewundernswerte Technik erworben, so daß man sie tagein tagaus beobachten kann, ohne auch nur einen Moment daran zu

denken, daß sie nicht »sind«, sondern nur »so tun, als ob sie wären«.
Aber einige von ihnen, weniger begünstigte, weniger robuste, die womöglich durch einen tölpelhaften Übereifer, durch einen ungesunden Hang zur Vervollkommnung getrieben werden, tun des Guten zuviel . . . sind kindlicher als von Natur aus. Zu schön, um wahr zu sein . . . Andere kommen durcheinander, irren sich in ihrem Lebensalter . . . möchten ewig Babys bleiben . . . oder aber, sie wollen älter wirken, als sie sind, sie gewöhnen sich Wörter an, deren Sinn sie nicht kennen . . . Sie werden deshalb zurechtgewiesen und mit Namen, die sie verdienen, geneckt: kleines Äffchen, kleiner Papagei.
Manchmal möchte man auch meinen, daß ganz unwillkürlich aus ihren unschuldigen Kinderaugen, aus der arglosen Bogenlinie ihrer Wange, ihrer Lippe, auf der ein Schnuller seine Rundung hinterlassen zu haben scheint . . . etwas hervorgeht . . . es ist kaum zu glauben . . . wenn man bedenkt, woher . . . und doch ist es genau das, was man ein mit einer uralten Erfahrung belastetes Verständnis nennen muß, hoffnungslosen Groll oder Zynismus . . . Was hast du bloß? Was ist mit dir los? Wie kommst du nur darauf? . . . Wo hast du das her? Mal sehen, wo er seine Nase hineingesteckt hat . . . in Dinge, die für alte Leute bestimmt sind . . . Willst du wohl davonbleiben, kleiner Tunichtgut, das ist nichts für dich.
Auch Erwachsene können einem manchmal zu

schaffen machen. Sie sind allzu starrsinnig. Unfähig, wenn es an der Zeit ist, sich zu fügen, wie es sich gehört, sich dem Modell ihrer neuen Funktion anpassen zu lassen . . . Sie widersetzen sich in jämmerlicher Weise, sie winden sich und winseln . . . Ich verstehe, ich weiß, es muß wohl sein, man kann es nicht vermeiden, aber es kommt so unvermittelt . . . Es ist vielleicht möglich, ein wenig Abhilfe zu schaffen, ein paar Abstriche zu machen . . . »grau« zum Beispiel . . . »grau« würde zu mir passen . . . übrigens seht ihr ja, man braucht mich nur anzuschauen, »grau« paßt großartig zu mir . . . »Graupapa«, . . . aber nicht »groß«, ich will nicht . . . noch nicht . . . warum schon jetzt? . . . Sie flehen verdutzte Buben an, sie doch frech bei ihrem Vornamen zu nennen . . . sie bemächtigen sich gierig ihres unschuldigen Lallens, um daraus kindische Kosenamen oder Spitznamen zu machen, die manchmal grotesk sind . . . alles andere lieber als das, alles andere lieber als »Großpapa«.

Andere hingegen, die viel zu empfänglich für das sind, was die auf sie gerichteten Augen durchblicken lassen, entdecken darin einen betrübten Respekt, eine diskrete Rührseligkeit, von der sie lüstern mehr und mehr verlangen . . . sie nehmen vorteilhafte Posen ein, sie stellen sich gefallsüchtig am Rande des frisch ausgehobenen Loches auf, mit einem Fuß schon im Grabe . . . Man ist also genötigt, sie zurückzureißen und zur Ordnung zu rufen . . . He da, nicht so schnell, was machst du? Zieh deinen Fuß gefälligst da heraus und benimm dich . . . Wenn du glaubst, uns so beeindrucken zu können . . . Ah, ich möchte gern so unverwüstlich sein wie du . . . Man braucht ihn sich ja nur anzusehen . . . Wetten, daß er uns alle überlebt . . .

Und auch die Verliebten, engumschlungen auf den Bänken der Flußufer und Stadtgärten, die wie vereint aussehen, »verloren ineinander« . . . man kann bisweilen, vor allem an heißen Tagen am bruchlosen Umriß ihrer wie aus Marmor gemeißelten regungslosen Körper etwas wahrnehmen, das sich, kaum merkbar, bewegt, etwas Lebendiges . . . eine Hand, die behutsam, langsam, verstohlen, damit es nicht auffällt, wie ein widerspenstiges Tierchen, das sich aus der Hand, die es umschließt, befreit, und dann verängstigt anhält, abwartet . . . mit heimlicher Entschlossenheit weitergleitet . . . manchmal sogar wagt, sich auf das Knie zu legen und da, vorsichtig, mit einer ganz langsamen, drehenden Bewegung am Rock oder an der Hose seinen feuchten Handballen abzuwischen . . . während das Paar, als gehöre diese ungehorsame Hand nicht dazu, weiter in der gleichen Haltung verharrt, wie in ein und dieselbe Form gegossen, aus ein und demselben Block geschnitzt, für die Ewigkeit dort gebannt.

Als ob nichts geschehen wäre. Als ob nichts los wäre. Ohne sich etwas anmerken zu lassen. Es darf sich vor allem nichts rühren. Manchmal genügt eine einzige, kaum wahrnehmbare Bewegung, um alles zu vereiteln . . . und eben diese Bewegung, diese Geste der feuchten Hand, die sich freimacht, ist eine von jenen, die bemerkt, die gemeldet wurden . . . Einer unserer allwissenden Meister hat sie erspäht und für immer in ein Buch gebannt: es ist ein schlechtes Omen, das Vorzeichen einer totgeborenen Liebe.

Und hier nun eine andere Geste, die Geste dieser Hand . . . die in die Westentasche greift, ein wenig Kleingeld herausholt, sich dann öffnet und die Münzen auf ihrer Innenfläche ausgebreitet hält . . . lange Zeit . . . es dauert immer länger, es will kein Ende nehmen . . . bis endlich die Finger der anderen Hand ein paar Geldstückchen auswählen, um sie so nebenbei in die ausgestreckte Hand eines Gepäckträgers, eines Hotelportiers oder eines Droschkenkutschers gleiten zu lassen . . . der seinerseits seinen Blick auf das kärgliche Trinkgeld in seiner hohlen Hand senkt, ihn dann wieder hebt und ihn lange auf den sich entfernenden Rücken gerichtet hält . . . einen Blick, mit dem er, wie aus einer Pistole, einen mächtigen Strahl abschießt, der die lächerlichen, erbärmlichen Konturen eines Knausers überdeckt, verdickt, verhärtet . . . Verächtliches Lächeln, kurzes Grinsen, Kopfschütteln, Achselzucken, leise gewechselte »Bemerkungen« . . . und dann wendet sich jeder ab . . . – Ah, das ist nicht alles . . .

Nicht alles ist das, in der Tat. Nichts von alledem ist für sie . . . Wie könnten sie argwöhnen . . . Wie

können sie ahnen, daß diese Geste ein trauriges Zeichen ist . . . des Anfangs vom Ende des Liebesglücks . . . die Ankündigung des Mißgeschicks, das bald hereinbrechen wird über »Ein Leben«.
Ihr Leben . . . In ihr reißt sich etwas los, sie spürt eine Schwäche, eine Kälte, die Kälte des Todes, während sie weiter neben ihm hergeht mit diesem unverwandt auf ihre Rücken gerichteten Blick, der nichts anderes auf sie losläßt als eine Ladung erbärmlicher Geringschätzung . . . Ein junges Paar auf der Hochzeitsreise . . . so was erkennt man sofort . . . ein hübsches Paar in den Flitterwochen . . . ganz neugebacken, taufrisch, ein Herz und eine Seele . . . die überall in sie hineingeflossene Liebe füllt jeden Abstand zwischen ihnen aus, sie sind eins . . . Es ist unmöglich, sich zu trennen, sich voneinanderzuwenden, und sei es auch noch so wenig . . . diese Bewegung von ihr, als sie sich von ihnen ablenken ließ, als sie mit ihnen jene Hand wie eine fremde betrachtete, als sie sie beobachtete, wie diese zögerte, lange auswählte, sich ausstreckte und etwas so nebenbei hinabgleiten ließ . . . das hat sie innerlich zerrissen . . . eine Wunde, die sich ausweiten, die auseinanderklaffen wird . . . rasch beide Ränder einander nähern, sie zusammenklappen, etwas auftragen, einreiben . . . hier ist das Nötige . . . sie hat, Gott sei Dank, stets einen wohl ausgestatteten Erste-Hilfe-Kasten bei sich . . . hier Zärtlichkeit, Nachsicht, Dankbarkeit, hier Bewunderung, ein wenig De-

mut . . . lauter Salben, deren Wirksamkeit erprobt wurde . . . sie werden desinfizieren, betäuben, heilen, es wird dort nichts mehr zu sehen sein . . . eine Schramme, ein Wehwehchen wie sie jeder in jedem Augenblick haben kann . . . so, nun sieht man nichts mehr . . . die Liebe zwischen ihnen hat neue Triebe sprießen lassen . . . Beide sind aus dem gleichen Stoff gemacht, aus demselben Stück geschnitten, ohne Nahtstelle . . . er könnte auch sie dabei ertappen, wenn es sie plötzlich überkommt, wenn sie, ebenso wie er, beginnt, sinnlos zu knausern . . . sie beugt sich über ihre offene Handfläche, wo das Kleingeld ausgebreitet liegt, sie zählt, rechnet, zögert . . . es nimmt kein Ende . . . während sie warten . . . deren Blicke drücken lange auf sie, prägen ihr ein Schandmal auf, sie ist gebrandmarkt . . . Sie? das ist sie doch gar nicht, das kann sie nicht sein, sie, nein, nie . . . für nichts auf der Welt könnte sie . . . rasch, ohne hinzuschauen, öffnet sie ihre Hand und kippt alles in jene ausgestreckten Handflächen, sie lächelt, dankt, sie möchte sich immer entschuldigen . . . deren Augen öffnen sich weiter, ihre wohltuenden Blicke bedecken sie, Gott segne sie . . . sie verdient es . . . großmütig und feinfühlig, wie sie ist, wie sie immer gewesen ist, wie jeder sie erleben konnte, als sie sich untadelig, rein, leicht und frei inmitten der Ihren tummelte, im Kreise jener, mit denen man sich versteht, mit denen man unter sich ist, unter Verwandten, unter Ebenbürtigen . . .

Aber sie sind fern von ihr, sie können sie hier nicht erreichen, hier, wohin sie sich hat mitnehmen lassen, wo sie lebenslänglich eingesperrt ist . . . hier, wo alles verschlossen, abgedichtet ist . . . die Luft ist verbraucht . . . Eine stickige, berauschende, betäubende Luft . . . sie fühlt sich ganz erschlafft, ganz aufgelöst, sie schmilzt, sie vermischt sich, sie verliert sich in einer warmen, feuchten Schwüle . . . Und auf einmal, wie der stechende Schmerz, der daran erinnert, daß die Krankheit immer noch da ist, dort steckt, daß sie unerbittlich ihren Lauf nimmt . . . die Warnung wieder, das verhängnisvolle Zeichen . . . diese Geste . . . die gleiche . . . wer sich einmal hat gehen lassen, der . . . aber diesmal noch deutlicher, noch auffälliger, die vorherige noch verstärkend . . . die Hand in der Luft zögert . . . es will kein Ende nehmen, wie in den Alpträumen . . . schließlich wählt er etwas, streckt die Hand aus und läßt es hinabgleiten . . . wendet seinen Blick ab . . . und ihre Blicke drücken unerbittlich . . . und sie, bei ihnen, muß das miterleben . . . kann nichts tun, um es zu verhüten, es zu stoppen . . . sie ist gezwungen, den Märchenprinzen zu sehen, mit seinen Locken, die unordentlich seine schöne Stirn bedecken . . . eine echte Dichterstirn . . . mit hellen Augen . . . Du hast manchmal Kinderaugen . . . sich zu verwandeln in diesen schäbigen, armseligen Geizhals mit dem scheelen Blick und den verschämten Gesten . . . die Berührung mit ihm beschmutzt einen, er ist gefährlich, er kann einen womöglich anstecken . . . und sie ist allein mit ihm, für immer getrennt von den Ihren, sie können nichts für sie tun . . . Es ist unmöglich, sie zu Hilfe zu rufen . . . ihnen eine Tür zu öffnen, sie nur halb zu öffnen . . . einen Spalt nur, damit sie einen Blick hineinwerfen . . . Was ist das? Ist es denn so schlimm? Laß uns mal sehen, zeig mal her . . . und ebenso wie Felsmalereien in der Tiefe erforschter Höhlen, wie Mumien in geschändeten Grabstätten bei Berührung mit Luft und Licht von draußen, wird auch dieses schöne Liebespaar verblassen, zerfallen . . .

Es darf vor allem niemand hereinkommen, sie sollen draußen bleiben, Abstand wahren . . . sie sollen uns von weitem betrachten, sie sollen uns durch ihre Ferngläser beobachten, wenn wir einen unserer Ausflüge machen, wenn wir uns ihnen darbieten . . . Seht ihr uns? Eine durchsichtige Kapsel schützt uns . . . Darin seht ihr zwei reizende Persönchen, die beiden tanzenden Elfen . . . kann man von einem charmanteren jungen Paar träumen? es ist das wahre Bild der Liebe . . . Seht sie, wie sie Hand in Hand auf die Wellen zulaufen . . . wie sie einander necken, sich bespritzen, da, sie kommen wieder zurück, sie schütteln ihr nasses Haar, sie lachen, sie sind noch ganz außer Atem . . .

Oder aber ihr könnt, von den Plätzen aus, die man euch angewiesen hat, als gute, gehorsame Untertanen uns bewundern, wenn wir uns in den Prunkgewändern der Liebe euch zeigen und die rituellen Gesten wiederholen, die ihr Kult uns vorschreibt . . . Unsere Blicke begegnen sich, unsere Hände suchen, ergreifen, drücken einander sachte, und schon lassen sie schamhaft, wie verschüchtert, wider Willen einander wieder los . . . Plötzlich eine Explosion . . . als ob eine Bombe in der prachtvollen Paradekutsche versteckt gewesen wäre, in der das prinzliche Paar sich umherfahren ließ . . . Alles zersplittert, alles wird verstreut, es bleiben nur noch widerliche Trümmer übrig . . .

Die Hand, die in der Luft ein wenig schwankt, über den Münzen, welche ausgebreitet in der anderen liegen. Sie sehen sie ebenfalls, sie haben sie gesehen, sie haben sie aus nächster Nähe beobachten können, auch ihre Blicke haben das verfolgt, haben das schäbige Schemen eines jämmerlichen Pfennigfuchsers erspäht . . . sie haben es gesehen, dieses unschuldige, wehrlose, von ihm verleitete Kind, das nicht einmal wagt, sich nach ihnen, ihren Angehörigen, umzudrehen und sie zu Hilfe zu rufen . . . Heimlich sind sie der Kleinen gefolgt, sie sind hinter ihr hergeschlichen bis an die Höhle, in der sie gefangengehalten wird, gefesselt an ihn und erniedrigt . . . sie haben sich alles gut angesehen und sich auf Zehenspitzen zurückgezogen, wobei sie Tränen vergossen, über sie weinten, über ihr verpfuschtes Leben und ihre erloschene Liebe . . . Angsterfüllt springt sie auf und reißt sich von ihm los . . . zerfetzt, verstüm-

melt, um Atem ringend, schleppt sie sich hinter ihnen her, hängt sie sich an sie, fleht sie sie an . . . Sie sollen sie nicht im Stich lassen, sie mögen doch bitte wieder mit ihr zurückkehren, wenn schon, denn schon, sie mögen eintreten . . . es sich noch näher anschauen . . . ihr helfen, es wiederzufinden, es wiederzuentdecken . . . es steckten in ihm soviel Reichtümer, soviel wahre Schätze, man muß sie suchen . . . sie müssen sich noch daran erinnern, sie hatten sie ebenfalls gesehen, sie waren genauso verzaubert gewesen wie sie selbst . . . ist es überhaupt möglich, daß eine Geste wie diese allein es vermag . . . sie schämen sich schon, nicht wahr, sie, die sie doch sonst so nachsichtig, so großzügig sind, ist es ihnen unangenehm, daß sie einer solchen Kleinigkeit soviel Bedeutung beigemessen haben? Daß sie eine derartige Lappalie überhaupt beachtet haben, könnte das nicht auch bei ihnen ein Anzeichen von Knickerigkeit sein? Sie würde erröten, wenn sie das ihm gegenüber gestehen würde, er hätte recht, sie zu verachten . . .
Sie verharren regungslos, sie schweigen . . . sie ergreift deren Hände, sie umarmt deren Knie . . . Nur ein Wort, einen Blick, um sie zu beruhigen, sie können sie noch retten . . . Sie schütteln den Kopf . . . Es tut uns leid, armes Kind, aber was können wir daran ändern? Was können wir ausrichten gegen die Regeln, die uns beherrschen, gegen Vorschriften, die in der Weisheit wurzeln, welche auf Erfahrungen aus

der Antike beruhen? Diese hier: du kennst sie gut, warum sie also vergessen wollen? Sie hält sich die Ohren zu . . . Langsam aber sicher ziehen sie ihre Hände zurück . . . Hab doch den Mut, es zu hören: Ab ungue leonem.
Die lateinischen Wörter hallen ebenso feierlich wider wie ein sakraler Text. Ab ungue leonem. An dem Kratzer, den seine Tatze hinterlassen hat, erkennt man den Löwen . . . Aber, es so übersetzen, ist nichts anderes, als es abschwächen, es in die Länge ziehen, seine Wirksamkeit schmälern . . . Ab ungue leonem. Wie die Tatze der Löwe. Nichts trennt dort die beiden Wörter. Eine Tatze nur und man sieht den ganzen Löwen. Eine einzige Geste, und der ganze Mensch ist da. Eine einzige, kurze Geste, nicht länger als die Spur eines Tatzenschlags. Man hat uns seit jeher beigebracht, sie herauszufinden und somit das zu entdecken, was . . .
Große Meister haben uns gezeigt, wie man dabei vorgeht. Sie haben uns vollkommene Modelle geliefert. Man hat nur die Qual der Wahl.
Hier wäre, wenn das überhaupt noch nötig ist, eines der bewundernswertesten Beispiele. Es ist eine andere Geste einer anderen Hand . . . Ungewöhnlich ist sie, ganz sonderbar, so daß vermutlich keiner von uns jemals das Glück gehabt hat, eine solche zu beobachten. Nur ein gottgleiches Genie hat sie erschaffen können . . . die Geste dieser Hand, die eine Gabel hält, in ein bißchen Speise auf dem Teller sticht

und, anstatt es zum Mund zu führen, es in Höhe der Augen hebt, ganz nahe an die Augen und es im Licht hin- und herwendet, lange Zeit, endlos zaudernd . . . und aus dieser Geste entsteht, um sie herum bildet sich, richtet sich mit ungeheurer Gewalt ein krankhafter Körper auf, der heuchlerisch gekrümmt und mit einer Lakaienlivree bekleidet ist . . . ein ekelerregendes, moderfarbenes, schimmeliges Geschöpf . . . von seinem Nagehirn, aus seinem Nörgelgeist fließt es und sickert es überall ein, ein bitteres, widerliches Rinnsal . . . sein Name verbreitet Gestank . . .

Was die mit langsamen Vorkehrungen Geldstückchen aussuchende Hand vor unseren Augen erscheinen ließ, ist ohne jeden Zweifel ein Geizkragen. Schlimmster Art. Schäbig. Herzlos. Gewinnsüchtig. So ist er. Gegen so was ist kein Kraut gewachsen.

Sie hebt ihr tränenüberströmtes Gesicht zu ihnen empor . . . Er ist aber auch mein Geliebter. Er ist die Liebe meines Lebens . . . Wie soll ich nur . . . – Das arme Kind hat recht. Wie soll sie das vereinbaren . . . In einer solchen Situation bleibt einem nichts anderes übrig, als sich die Augen auszustechen. Oh, warum denn gleich zu derart grausamen Extremen Zuflucht nehmen? In sehr vielen Fällen genügen schon gut angebrachte, stets getragene Scheuklappen. Dank ihnen kann man mit festen Schritten daran entlanggehen, kann man glücklich hindurchschreiten . . . Jawohl, ganze Menschenleben . . . Ich verstehe das wohl. Aber, es ist zu spät, wenn es schon brennt, man hätte bereits im ersten Moment ... jetzt braucht man keine Vorkehrungen mehr zu treffen. Einst, als sie sehen konnte, wie ... So was zeigt sich jeden Augenblick, wenn sie am wenigsten darauf gefaßt ist ... Zeigt sich? Ach was, sie hat solche Angst davor, daß sie es sucht, wie man auf allen vieren unterm Bett den Übeltäter sucht, nicht wahr, meine Kleine?

Sie läßt ihren Kopf auf die Brust sinken, die unter Seufzern erbebt ... Es muß etwas geschehen, man kann sie nicht so lassen ... Durch dieses ewige Hin und Her, diese Umschwünge, Unentschlossenheiten, Ausflüchte, diese endlose Unruhe wird sie sich schließlich Bestrafungen zuziehen. Man ist gezwungen, Maßnahmen gegen jene zu ergreifen, welche die Ordnung stören ... Wissen Sie, mein liebes Kind, daß man Leute wie Sie letztlich in Irrenanstalten interniert ... Hier hat man zu wählen: Nehmen oder verzichten. Lieben oder Nichtlieben. Sie hebt den Kopf und flüstert: Nun gut, ich verzichte. Er ist nicht mehr mein Liebster. Dieser Knauser ist für mich ein Fremder ...

Sie ist rührend ... sie möchte ja so gerne ... sie ist zu allem bereit, um das Gefühl zu haben, mit beiden Beinen, so wie wir, fest auf dem Boden zu stehen. Aber es wird ihr nicht gelingen. Das wird sie wieder überkommen. Alles wird wieder in Bewegung geraten. Der Knauser wird nicht an seinem Platz bleiben.

Er wird sich entfernen und vom Märchenprinzen abgelöst werden. Und dann wiederkehren, und dann wieder weggehen. Sie hat den Finger ins Getriebe gesteckt, den Fuß auf Treibsand gesetzt, sie befindet sich in einer scheußlichen Zwickmühle . . . Ist hier jemand, der ihr ein Mittel nennen kann? . . . Ich kann es. Ich glaube, ich kenn' eins. Es heißt »Den Stier bei den Hörnern packen« oder »Den Dingen ins Auge blicken«, wenn Ihnen das lieber ist. Er ist ein Knauser. Sie stöhnt . . . – Oh, nur noch einen Moment . . . warten Sie . . . – Nein, mein Kind, Sie müssen all Ihre Kraft zusammennehmen. Nur Mut! Er ist ein Knauser. Es sich einprägen! Fester! Das tut weh, arg weh, aber es muß sein. Es einschärfen! Einmeißeln! Ihre Zeilen dürfen nicht das mindeste Zögern verraten. Bloß keine Kratzer, keine heimlichen Spuren mehr. Es muß in die Augen springen. Er soll sich dorthin verfügen. So wie er ist. Standfest. Robust. Unanfechtbar.
Nichts kann ihn daran hindern, seine eine Hand so lange in der Luft über dem in der anderen ausgebreiteten Kleingeld zu lassen, wie es ihm paßt. Kein auf die hohle Handfläche gerichteter Blick kann ihn zwingen, sie vorzeitig wieder zu schließen und sie dann wieder zu öffnen, um auf einmal die Handvoll auszuschütten . . . keinerlei Schwäche, Scham, Feigheit, weder Güte noch Großzügigkeit. Er ist kleinlich. Egoistisch. Pingelig. Ein Pfennig ist für ihn ein Pfennig. Wenn er so reich wie Krösus wäre,

könnte er doch nie auch nur einen einzigen Heller zum Fenster hinauswerfen. Er ist so gemacht, was wollen Sie . . . Wie fühlen Sie sich, mein liebes Kind?

Der Anflug eines Lächelns zeigt sich im tränennassen Gesicht . . . Tut das gut? Na, keinen Drehwurm mehr, keine Seekrankheit mehr? . . . Keinerlei Übelkeit? Sie fühlen, wie der Boden unter Ihren Füßen wieder betonhart wird . . . Ja, das ist wahr. Aber meine Liebe . . . – Eben, in der Aura von etwas Klarem und Festem werden die Gefühle durch Ansteckung ihrerseits zu etwas . . . – Wird das nicht zur Feindseligkeit werden? – Das könnte sein: eine gute, robuste Feindschaft, die ebenfalls beschwichtigend wäre . . . Aber in Ihrem Falle können Sie beruhigt sein, alle Teilchen Ihrer Liebe werden sich um diesen harten Block herum zusammenballen, sich verdichten und eine kompakte, glatte Liebe bilden, »die wahre Liebe« . . . Sie wissen, wie sie ist, nichts kann sie durchdringen, sie ankratzen . . . Selbst wenn Ihr Geliebter . . . – Ja, selbst wenn? . . . Ich werde ihn immer lieben? So wie er ist? – Das ist es. So wie er ist. Aber er muß es sein. Es hat grausame Mörder, echte Monstren gegeben . . . echte, merken Sie sich das, es ist wichtig . . . nun ja, dadurch daß sie sich so gaben, wie sie waren, das half ungeheuer, aus ihnen vollkommene Idole zu machen, ganz besonders geeignete Gegenstände eines Kults.

Alle so wie sie sind. Wie Gott sie gemacht hat. Was wollen Sie, er ist nun mal so, Sie werden ihn nicht ändern. Ich kenne ihn. Wenn Sie ihn so kennen würden wie ich. Wenn Sie wüßten, wie er ist. Wie ist er? Erzählen Sie. Oh, du, ich kenne dich. Er kennt mich. Ich kenne mich. Erkenne dich selbst. Ich weiß, wie ich bin. Sehen Sie, ich bin so gemacht. Gemacht. So. Besichtigen Sie mich von allen Seiten. Passen Sie auf, hier bin ich, so wie ich bin: ja, fürsorglich. Ich habe es von meiner Mutter. Sie war so. Überaus sparsam, wenn Ihnen das lieber ist. Selbstsüchtig. Nachtragend. Anspruchslos. Freimütig. Amoralisch. Sie werden mir nicht glauben, aber ich bin so.
Als Dreikäsehoch kennt jeder sich schon. Man sieht die Bübchen, sie schütteln den Kopf wie ihre Plüschtiere und wiederholen traurig und in ihr Schicksal ergeben: Ich bin ein Faulpelz. Ich bin jähzornig. Ich bin schüchtern. Ich bin überaus schüchtern, kann man sie sogar sagen hören.

– Und Sie? Kennen Sie sich nicht? – Doch, freilich . . . – Sie sagen das aber mit einer Miene . . . Oh, wissen Sie, er ist ein wenig schwierig. – Nein, wieso schwierig? Nicht schwieriger als Sie jedenfalls. – O ja, bestimmt, Sie suchen immerzu ein Haar in der Suppe, und Sie finden doch nur kleine Fische . . . – Kleine? Nein, so klein sind die nicht . . . Es sind vielmehr dicke Hunde . . .

»Ich bin ein dummer Hund« . . . »Ich kenne mich: ich bin dumm« . . . Haben Sie noch nie jemanden so was sagen hören? – Ja, natürlich habe ich das . . . Das hört man doch alle Augenblicke: »Mein Gott, wie dumm ich bin.« »Ich bin wirklich ein dummer Esel, wenn ich mir das gefallen lasse.« – Nein, ich bitte Sie, nicht schwindeln, Sie wissen genau, warum man es sagt . . . Ich frage Sie im Ernst, es ist sehr wichtig: hat es je jemand gegeben, der von sich selber sagen konnte, er sei dumm? – Oh, schlankweg ein Dummkopf . . . das nun doch nicht . . . – Ah, doch nicht? . . . das nun doch nicht . . . das nicht . . . nicht ein Dummkopf, das kann man nicht . . . aber dann . . . oh je, dann ist . . . – Was ist denn nur? Sehen Sie mal, wie er bebt . . . Was »dann«? Beruhigen Sie sich. Uns allen passiert es doch alle Augenblicke, daß wir denken: Soundso ist intelligenter als ich. Das bedeutet schon zugeben, daß . . . Nein, Ihnen nicht? So was passiert Ihnen nicht? – Nein, das passiert mir nicht, das kann niemandem passieren. Eigentlich nicht. Soundso hat mehr Talent, das ja. Soundso ist genial. Soundso hat auf diesem oder jenem Gebiet Kenntnisse, die ich nicht besitze, ich bin nicht so gebildet, ich verfüge nicht über sein Wissen . . . Aber, daß er deshalb intelligenter sein soll als ich . . . nein, unmöglich. – Er ist großartig. Nun sagen Sie mal: Glauben Sie wirklich, daß Sie so intelligent sind wie, sagen wir . . . Descartes? Sehen Sie, er glaubt es. Schweigen heißt zugeben. Es ist unglaublich aber wahr: er meint es wirklich. Es fängt an, komisch zu werden . . . Sagen Sie uns doch mal warum . . . Wie kommen Sie zu der Meinung? . . . Was haben Sie eigentlich geleistet, um sich erlauben zu können . . . – Nichts. Ich habe nichts geleistet. – Sehen Sie, mit welcher Miene, ohne die geringste Verlegenheit, ohne die geringste Beschämung, so als erfülle es ihn mit Stolz: Ich habe nichts geleistet . . . Er fordert uns heraus . . . Ein Weiser, erhobenen Hauptes mitten im Gespött des unwissenden Pöbels . . . Ein Märtyrer seines Glaubens . . . Ich persönlich halte nichts von solchem Gespött . . . Ich finde so was gar nicht komisch. Womit beschäftigt man sich? Womit verliert man seine Zeit? Sie sehen doch, daß er ein armer Größenwahnsinniger ist . . . Sie haben recht. Er ist ein Größenwahnsinniger, der glaubt, ebensoviel Intelligenz zu besitzen wie Descartes . . . Was flüstert er? . . . »Nicht mehr«, er sagt »nicht mehr« . . . Nicht mehr Intelligenz? Er glaubt nicht, daß er mehr Intelligenz besitzt . . . Das ist immerhin schon etwas, das ist beruhigend . . . Nicht wahr? Wirklich nicht? Also vielleicht weniger? Nein, nicht weniger? . . . so bescheiden ist man nun wieder nicht . . . Also »ebensoviel«, wie vorhin? Nein? Auch nicht? Das ist etwas Neues? Nicht ebensoviel? Was denn nur? Was ruft er, ich verstehe es nicht . . . er wirkt ganz aufgeregt . . . Er ruft: nicht mehr, nicht weniger, nicht ebensoviel . . . Keines dieser Wörter paßt mir . . . Es ist unmöglich, sie auf mich anzuwenden, sie bleiben nicht haften . . . »Mehr« hält nicht, »Ebensoviel« auch nicht . . . Das stimmt schon, er hat recht . . . »Weniger« auch nicht? . . . – Nein, nichts . . . Nichts läßt sich fest verbinden mit nichts . . . Ich bin nichts . . . ein Vakuum . . . ein Luftloch . . . Unendlich. Grenzenlos . . . Und alle um mich herum . . . wie ich . . .

– Was ist das jetzt? Es ist nicht mehr er. Hören Sie diese Stimme, die kreischt wie die eines irrsinnigen Weibes? »Er hat recht, es stimmt, auch ich, nichts kann an mir kleben bleiben, sobald etwas mich berührt, zerfällt es« . . . Andere geraten in Trance, es ist ansteckend . . . Man sehe nur, sie rennen überall herum, sie drehen sich um sich selbst . . . dieses Gelächter von Hysterikern, von Narren . . . Kuckuck . . . fangt mich . . . versucht es doch, es wird euch nicht gelingen . . . Ich bin ein Vakuum, ein Luftloch . . . das Unendliche . . . Ich auch . . . Und ich auch . . .

– Was ist los? Was ist das für ein Tumult, was soll der Lärm? – Ah, endlich, da sind sie, die Ordnungshüter. Der ist es dort, sehen Sie ihn? der ist der Urheber dieses Ärgernisses . . . Er hat behauptet . . . wir hielten ihn für verrückt . . . Er ist der Rädelsführer . . . Es gibt immer und überall solche überspannten Leute, solche Schwachsinnige . . . – Mal los, mal los . . . feste Stimme, ruhiger Ton der Hüter des Gesetzes . . . Was sollen all diese Geschichten? Haben Sie den braven Leuten dieses dumme Zeug erzählt? – Ja, er hat ihnen weismachen wollen, daß . . . – Was denn? – Er sei erhaben über das Gesetz. Jenseits jeder Urteilssprechung. Eine Art Gottheit. Er ist das Unendliche. Ein Ebenbürtiger der Allergrößten . . . Nein, nicht einmal ihr Ebenbürtiger, er würde sich erniedrigt fühlen, wenn er der Ebenbürtige von irgend jemand wäre. Er ist nichts. Das heißt, nicht wahr, daß er alles ist! Alles, großgeschrieben, und daß wir alle, daß jeder von uns . . . wie er . . . nun sehen Sie, wie das auf einige gewirkt hat . . . mehr brauchen sie nicht, um . . . denken Sie nur, welche Wonne, sie können sich nicht mehr halten, es ist nicht mehr möglich, sie zu halten . . .

Ja, es ist ein gutes, ein sanftes, ein wohlwollendes Gesicht . . . die Augen sind diese Fensterchen, hinter denen grenzenlose Räume . . . durch die eine unendliche Seele ihr Licht verbreitet . . . ein warmes Licht, das etwas zu ihm hindrängen, emporsteigen, hervorkommen läßt über meine Lippen, welche ich nicht sehe, deren Bewegungen ich nicht fühle, etwas, das von meiner Stimme, die ich nicht höre, getragen wird: Wörter, die ich gebildet habe . . . Aber warum ich? Ich gibt es nicht . . . es lag in der Luft, es kam von überallher, sammelte sich an und drang hier ebenso ein wie anderswo, sei's drum . . . das hat gekeimt, ist gewachsen, läßt Sprößchen, Schößlinge sprießen, ist bestrebt, sich auszubreiten . . . die ganze Erde wird davon bedeckt werden . . .

Das sanfte Gesicht scheint sich zu verhärten, die Augen werden undurchsichtig – ein Schiebefenster, das sich ruckzuck schließt: »So, Sie finden?«
Nach kurzem Stillschweigen beginnen die Wörter immer schneller und härter zu hämmern: – Warum

finden? Warum Sie? Warum sagen Sie das? wenn man nur hinzuschauen braucht, das springt einem doch in die Augen . . . es ist nicht zu glauben . . . wie hat man das nur so lange Zeit nicht erkennen können? . . . wenn es sich einem aufdrängt . . . es ist doch offensichtlich . . . es ist vollkommen richtig . . . derart wahr . . . es ist die Wahrheit selber.
Unter dem Eindruck des Lärms dieser gewaltigen Wörter regt sich etwas hinter der Scheibe . . . sie wird ein wenig hochgeschoben und läßt einen unzufriedenen, eingeschüchterten Blick hinausdringen . . . – Warum darauf bestehen? Es ist nichts zu machen, ich folge Ihnen nicht, ich werde mich hüten, ich sehe, wohin Sie mich kriegen möchten: es ist ein Sperrgebiet, in das nur Fachleute hineindürfen, nur Sachverständige. Zu denen gehöre ich nicht. Sie übrigens auch nicht.
– Moment mal, reden Sie sich nicht heraus! Sie sind im Irrtum, es ist kein Sperrbereich, keine verbotene Zone, es ist vielmehr allgemein zugänglich, sowohl für Sie als auch für mich, für jedermann, man braucht nur ein wenig guten Willen zu zeigen . . . nicht einmal das . . . man braucht nur aufgeschlossen zu bleiben, die Augen aufzumachen, und alles wird einem klar . . . Ich kann mir nicht denken, daß Sie . . .

Die Augen öffnen sich weiter, als wollten sie hereinlassen, was nun vor ihnen erscheint: ein toller Bursche. Etwas, das man einen starken Charakter nennt.

Intelligent. Geachtet in seinem eigenen Fachbereich. Jemand, der glaubt, sich alles erlauben zu können, der es wagt, seine Nase überall hineinzustecken . . . Die Augenlider spannen sich wieder, der Kopf bewegt sich mißbilligend hin und her – Wissen Sie, was Sie da machen? . . . Ist das möglich? Merken Sie es nicht? . . . Hören Sie mal . . . der Kopf nähert sich, neigt sich . . . Ich schätze Sie sehr, Sie sind mir sehr sympathisch . . . Ich rate Ihnen in aller Freundschaft: Aufgeben! – Aufgeben? – Ja. Wiederholen Sie vor niemandem, was Sie mir da gesagt haben. Ich meinerseits verspreche es Ihnen, ich werde kein Wort darüber verlauten lassen, ich werde mich bemühen, es zu vergessen . . . – Ich danke Ihnen. Sie sind zu gütig . . . Aber ich folge Ihnen nicht . . . – Nein, wirklich, Sie folgen mir nicht? Sehen Sie denn nicht, wohin uns das führt? Muß ich es Ihnen sagen? So was brächte uns . . . wenn man auf Sie hörte . . . wären wir veranlaßt . . . die Blicke heben sich, die Lippen bewegen sich, es ist, als ob sie ganz leise ein Gebet murmelten, um Nachsicht, um Vergebung zu erbitten . . . und dann kommen die Worte mit Mühe hervor . . . Es würde uns dazu bringen, Gewalt zu üben . . . Aber, warum mich zwingen? . . . Sie wissen es . . . Wozu es leugnen? Wer könnte Ihnen glauben? Gehen Sie in sich. Grübeln Sie, suchen Sie . . . Als das in Ihnen wuchs . . . Machen Sie nicht so ein Gesicht . . . Ja, in Ihnen. Geben Sie es zu: in Ihnen hat sie gekeimt, diese schöne Idee. Nicht in mir. Sie waren der geeignete Nährboden. Sie waren der günstige Ort. Die Idee stärkte sich in Ihnen, breitete sich aus, war drauf und dran, neue Gebiete zu erobern . . . Sie wollten, wie Sie selbst gesagt haben, daß die ganze Erde damit bedeckt würde. Aber auf ihrem Wege erhob sich plötzlich . . . nein, leugnen Sie es nicht . . . Sie konnten es nicht übersehen . . . Nur zu, es kommt, es steigt in Ihnen auf, versuchen Sie nicht, es zu verdrängen . . . Sie sollten plötzlich etwas finden . . . Nein? nicht finden? Warum finden? Sie hatten es vorhergesehen, Sie wußten im voraus, auf was Sie da stoßen würden . . . Nein, nicht? Das ist es nicht? Sie haben es gesucht? . . . das ist noch besser, das ist wirklich großartig . . . von Anfang an . . . welch ein Anreiz, das muß Ihre Kräfte enorm gesteigert haben . . . Sie wollten Gewalt üben . . . ihn angreifen . . . Ihn . . . Sie haben gewagt, . . . Sie . . . Aber wissen Sie, ich werde es Ihnen sagen: Sie sind es, den dies richtet . . .

Treppen, die kein Ende nehmen, sich hin- und herwinden, hinab-, wieder hinauf-, wieder hinabführen und schließlich steil zum Himmel hinansteigen . . . bis dahin, wo er sich aufhält, geschützt von seinen Würdenträgern, seinen Wachtposten . . . von wo sie den beobachten, der sich nun kriechend und kletternd ihm nähert, und der, am Fuße seines Thrones angelangt, anstatt sich, wie alle anderen, niederzuwerfen, ohne ihn je anzublicken, so unerhört dreist ist, sich ihm noch mehr zu nähern . . . er ist drauf und dran weiterzuklettern, jetzt richtet er den Kopf auf und schaut ihn wie seinesgleichen an . . . er scheint ihn herauszufordern . . . und blitzschnell läßt ein einziger, gut gezielter Klaps, »Sie sind es, den dies richtet«, ihn umkippen, hinunterstürzen, herabrollen, von Stufe zu Stufe purzeln, bis er wie eine kleine Kugel ganz unten zur Ruhe kommt . . .

Eine Reihe von breiten Gängen, von hohen, prunkvollen Räumen, die durchschritten werden müssen, bis man jenen Saal erreicht, an dessen Ende, halb versteckt hinter seinem mit Papieren und Büchern bedeckten Arbeitstisch, derjenige einen anzuhören geruht, dessen Name nur mit vor Verehrung gedämpfter Stimme ausgesprochen wird und nur zusammen mit Ausdrücken, die bezeugen, daß man ihm vorbehaltlos huldigt.

Wenn es bisweilen bei einigen zu einem Zaudern, einem ganz leichten Schaudern kommt, das einen glauben machen könnte, . . . das Verdacht zu erregen drohte . . . so beeilen sie sich unverzüglich, ähnlich wie wenn man Holz berührt oder sich bekreuzigt, jene Formeln zu äußern, die von ihnen abwenden, die abwehren werden, was . . . »Aber freilich würde ich – muß ich das überhaupt erwähnen? – keinen Augenblick auf den Gedanken kommen, ihn da hineinzuziehen. Sein Genie ist selbstverständlich über jeden Zweifel erhaben. Nein, was mich gerade in dieser Beziehung ein wenig stutzig macht, ein wenig stört, kann nur von seinen unbeholfenen Dienstboten, nur von seinen unwürdigen Schülern herrühren . . . Denen nehme ich so was übel. Sie verfälschen, sie verändern, sie verunstalten, sie trüben alles. Ich weiß, Sie haben recht, man muß immer wieder auf die Originaltexte zurückgreifen, man muß sie zu deuten wissen.«

Aber der hier begibt sich, ohne irgendeine Ehrenbezeigung, ohne vorher seine Ergebenheit ausgedrückt zu haben, in verblüffender Ahnungslosigkeit, aussehend wie ein Schwarmgeist, der von seinen Stimmen geleitet wird, auf die unermeßlichen, weiten Flächen spiegelblanken Parketts und kommt gleitend voran . . . Lassen wir ihn kommen. Wir haben nichts zu fürchten. Ein einziger Sprung, und vereint, eng aneinandergedrängt, bilden wir mit unseren behelmten Köpfen, unseren schildbeschützten Brüsten vor ihm ein unüberwindliches Bollwerk . . . Schon ist er nahebei . . . in Rufweite, in Reichweite . . . Was er uns entgegenschleudert, trommelt auf uns wie Hagelkörner, es prallt von uns ab, schnellt zu ihm zurück und trifft ihn empfindlich: »Sie sind es, den dies richtet.«

»Sie sind es, den dies richtet.«
Im Nu, im Handumdrehen, durch ein Wörter-Umdrehen, wie sie es so trefflich verstehen . . . Nein, nicht durch ein Umdrehen. Jedes Wort ist ein weiteres Schlüsselumdrehen im Schloß des Kerkers, in den sie mich geworfen haben.
»Sie sind es.« Sie. Sie. Sie. Keine Unendlichkeiten, keine grenzenlosen Weiten mehr. Keine Möglichkeit mehr, zu entweichen. Sie: was Sie bereits mit einem Wort bezeichnen, mit dem Sie es hinfort bei jedem Appell zu bezeichnen haben, nämlich mit: Ich. Sie. Und Sie werden Haltung annehmen, mit den Händen an der Hosennaht: Ja, ich.
»Dies«, das Sie mit dem hochtrabenden Namen »Gedanken«, mit dem erhabenen Namen »Wahrheit« ausstaffiert hatten, »dies«, das Sie hinter hübschen poetischen Bildern verborgen hatten . . . das Samenkörnchen, das ein Hauch bis an einen Punkt getragen hat, auf ein winziges Stückchen unendlicher Weiten, und das dort gekeimt hat, gewachsen ist, das sich von dort aus unwiderstehlich entfaltet hat und dabei auf Erden die erregenden Düfte des Frühlings verbreitet hat, die besänftigenden Schatten des Sommers . . . »Dies« ist Ihr Erzeugnis. »Dies« ist Ihre Ausscheidung. »Dies« ist Ihr Erkennungszeichen, das neben Ihrem Ausweisfoto, neben Ihrem Fingerabdruck vermerkt ist. »Dies«, das es einem ermöglichte, Sie zu erkennen und Sie in dem Moment zu verhaften, in dem Sie zum Schlag ausholten . . .

»Dies«, das hinfort in Ihrer Personalakte steht und Sie zu verurteilen erlaubt: »Sie sind es, den dies richtet.«

»Sie sind es, den dies richtet« . . . man muß suchen . . . alles ist vielleicht noch nicht verloren, vielleicht gibt es irgendwo einen Ausweg . . . »Sie sind es, den dies richtet« . . .

Hier . . . ist denn so was möglich? Wie soll man glauben, daß sie sich trotz ihrer erstaunlichen Geschicklichkeit, trotz ihrer Erfahrung einen solchen Schnitzer leisten konnten? . . . Aber, Vorsicht, sich nur ja nicht zu früh freuen, sich zu nichts hinreißen lassen . . . immer mit der Ruhe . . . ja, es leuchtet ein, sie haben einen Fehler begangen . . . sie hätten sich ganz einfach mit drei Wörtern begnügen müssen: »Dies richtet Sie.«
»Dies richtet Sie« war einwandfrei. Man hätte es noch so lange untersuchen können, ohne den geringsten Riß daran zu entdecken . . . Aber in »Sie sind es, den dies richtet«, in »Sie sind es« . . . da steckt das, was man einen Formfehler nennt . . . Da ist die Aussicht, die Hoffnung auf das Heil . . . »Sie sind es« offenbart, zeigt klar, daß das »Sie« nicht allein ist, das »Sie« hat eine Kehrseite, eine Ergänzung . . . eine andere Hälfte . . . Hinter dem »Sie sind es« gibt es . . . es springt einem in die Augen . . . es gibt da »Er ist es nicht« . . . Sie. Nicht er.

Er und ich. Es ist unmöglich, uns zu trennen. Wir sind die beiden Teile eines Vergleichs. Wir sind die beiden Glieder einer Gleichung. Wir sind die beiden Pole eines Gegensatzes. Er, den nichts zu richten vermag, und ich, den ein Nichts richtet. Wir sind auf die Waage gekommen. Jeder in eine der beiden Waagschalen. Wir sehen einander an, er und ich.

Ich sehe freilich nicht, was sich hier an meiner Stelle befindet. Was ich hingegen dort vor mir sehe, ist ein Mensch, der, wie ich weiß, so gemacht ist, wie ich weiß, daß ich gemacht bin, daß wir alle gemacht sind, aus einem Rumpf, zwei Beinen, zwei Armen, einem Kopf . . .
Wer kennt diesen Kopf nicht? Wer hat ihn nicht genauso gesehen wie das Objekt ihn aufgenommen hat, wie der Film ihn ein für allemal festgehalten hat . . . so wie er sich nun, ohne daß ich etwas daran tun könnte, auf meiner Netzhaut einprägt . . . So wie er gewollt hat, daß der Kopf sich einprägt . . .
Ah, »gewollt« läßt Sie zusammenzucken . . . »Gewollt« kann nicht zu ihm passen . . . »Gewollt« steht ihm nicht . . . Nicht ihm . . . Aber, was daran ändern? Es ist da. »Gewollt« ist da, wozu protestieren? Er wollte diese »bittere Falte« der Lippe, diesen »tiefen«, »durchdringenden« Blick, der heroisch eintaucht, der tragisch dort hinabsinkt, wo niemand vor ihm . . . Seht, wie er den Blick auflädt, ihn aufleuchten läßt, ihn vorschiebt und hin- und herwendet . . .

und wie er schließlich auftrifft . . . nein, leider nicht auf dem Boden der Abgründe . . . sondern wohlweislich, jämmerlich nahe, nahebei, bei uns, da, wo in jedem von uns der Hort des Eichbildes ist, des Modellgesichts, das den Stempel, die Anzeichen des Genies trägt . . . auf jenes Gesicht dort hat sein Blick sich gerichtet, an ihm sollte, wenn es nach ihm ginge, sein eigenes Gesicht haften, mit ihm wollte er eins werden . . .

– Was wollen Sie sagen? Was wagen Sie, einem zu verstehen zu geben? Sagen Sie es doch geradeheraus, es gibt dafür ganz einfache Wörter . . . »Er posiert«? Das ist es doch, nicht wahr? Er ist ein »Poseur«? – Wenn Sie wollen . . . Ich habe vor solchen Wörtern keine Angst . . . Sie schauen einander an . . . – Keine Angst? Hören Sie ihn? vor Wörtern wie »Poseur« hat er keine Angst . . . aber welch ein Wandel, welch ein Fortschritt . . . wenn er soweit ist, wird er es bald akzeptieren . . . Ja, »Poseur« würde mir passen. Aber lieber wäre mir noch »durchdrungen von sich selbst«, ein ausgezeichneter Ausdruck, der mir einen besseren Zugang ermöglichen würde . . . Ja. Durchdrungen. Randvoll erfüllt von sich selbst. Unfähig, aus sich herauszugehen. Gebannt durch das Bild seines Selbst, das er projiziert. Voll und ganz dadurch in Anspruch genommen. Ihm zunächst seine Aufmerksamkeit schenkend. Darauf beruht alles. Da ist der Quell. Ein verdreckter Quell. Alles, was von ihm kommt, ist angesteckt . . . alle seine

»Entdeckungen«, seine Ideen . . . Warten Sie, rühren Sie sich nicht, nur noch einen Moment . . . Hier, noch andere Beweise . . . Hier Dokumente, Bekenntnisse, Briefe, Tagebücher, in denen er so unvorsichtig war, zu verraten . . . Wenden Sie sich nicht ab, überwinden Sie sich . . . ich weiß, ich empfinde es auch, wenn ich so herumstöbere, herumschnüffele, diesen Widerwillen . . . aber es muß sein . . . würden Sie bitte hinschauen . . . hier, was er mit eigener Hand schwarz auf weiß seiner Mutter, seiner Braut geschrieben hat: »Ich muß um jeden Preis etwas finden, das mir allgemeines Ansehen verschafft« . . . Hier, was er in sein Notizbuch gekritzelt hat: »Ich will reich werden. Mächtig. Ich will eine Welt aufbauen, der niemand entkommen kann . . . in die ich alle einsperren werde« . . . Und dann hat er angefangen zu suchen . . .

Geflüster, leises, verfliegendes Gelächter . . . – Suchen? Das ist aber gut . . . Suchen . . . Gott sei gelobt . . . es ist unser Glück . . . Lächelnde Köpfe nicken . . . Ja, Gott sei Dank . . . Nur wer will . . . Nur so jemand findet . . .

– Aber er hat nichts »gefunden« . . . Da war nichts . . . Nicht das geringste hat sich dort ergeben, nichts hat sich angesammelt, verdichtet . . . nichts, dem er sich zugestreckt hätte, dem er sich gewidmet hätte . . . nicht einmal gewidmet . . . das hätte, ohne daß er es merkte, ihn unwillkürlich anziehen, ihn ganz beanspruchen, ihn bis zum letzten Tropfen aussaugen müssen . . . Aber er, kaltblütig, aus nichts, alles war brauchbar, ganz gleich welche Täuschung, welche falsche Wahrheit, wenn sie ihm nur ermöglichte, dieses auffällige, zwingende, wuchtige Ding zu fabrizieren, dessen Anwendung auf alles, was lebt . . . Und erinnern Sie sich an die Bannflüche, die dieser »Sucher« auf jene schleuderte, die sich bemühten, seinen »Entdeckungen« zu dienen, die Wasser auf seine Mühle leiteten . . . aber sie leiteten zuviel dahin, sie machten es allzu gut . . . und wenn sie es zu sich selber umleiteten, es ableiteten von ihm . . . ihm, ihm, ihm . . .

Aber Sie wissen es, Sie sehen es auch, nicht wahr? Es springt einem in die Augen . . . Nein? Das springt nicht? Und das auch nicht? Und das?
Ich laufe um ihn herum, ich springe, ich beiße, ich reiße Fetzen herunter, ein widerlicher Gestank geht daraus hervor, eine schmierige Flüssigkeit trieft auf mich . . .

Ich kann mich nicht mehr von ihm lösen, ich klebe an ihm, ich laste auf ihm, ich umfasse ihn, auf mich trifft sein Atem, tropft sein Schweiß und sein Blut, wir sind ein ineinanderverschlungenes, ekelerregendes Körperknäuel . . . Was ist eigentlich passiert? . . . Wie kamen wir überhaupt dazu? Ich weiß nicht mehr, für welche Sache ich mich schlage . . . für welche Idee? War da eine? ich weiß es nicht mehr, ich weiß nur, daß in dem Zustand, in dem ich bin, er oder ich siegen muß, ich umklammere ihn mit aller Kraft, ich dringe immer tiefer in etwas Weiches ein, das eine Weile nachgibt und sich wieder neu bildet und mich umfängt . . .

Sie sollen mir zu Hilfe kommen, sie allein können mich befreien, sie wissen es gut . . . ein Zeichen von ihnen, ein einziges, kleines Zeichen der Unterstützung, der Zustimmung würde genügen, damit das Pendel zu meinen Gunsten ausschlägt . . . Ich wende ihnen flehende Blicke zu.

In ihren aufmerksamen Augen, in ihrem Stillschweigen ziehen Bilder, Wörter vorbei . . . ein Köter kläfft an den Stiefelschäften, die Hunde bellen, die Karawane zieht weiter, die Laus in der Mähne des Löwen, der Frosch und der Ochse . . . und ich springe, und ich kläffe, und ich pieke, und ich blähe mich auf . . .

Aber das ist ein Köder, eine Täuschung. Nichts, das von ihm kommt, spiegelt sich in ihnen, er projiziert in sie kein einziges Bild, sie schauen ihn nicht an, sie wären verblüfft, geblendet . . . was sie sehen, ist ein Köter, der im Spiegel sein eigenes Abbild nicht erkennt und bellt und springt und sich stößt, immer wütender wird und versucht, komisch zu beißen . . . Es ist ein schimpfender, drohender Schwachsinni-

ger . . . nicht Gott, freilich, wie er glaubt . . . Ah, von ihm kann man wirklich sagen: er hat Gott nach seinem Bilde gemacht . . . und auf dieses Bild, sein eigenes, stürzt er sich immer wieder . . . schauen Sie, beobachten Sie ihn, wie er sich voller Haß auf das stürzt, was er ist, auf seine eigenen schäbigen Schliche, seine üblen Kalküle, seine Boshaftigkeit, seinen Ehrgeiz, seine Anmaßung, seine Pose . . . Ein hübsches Selbstbildnis . . .
Was wollen Sie, der Arme blickt nicht über das Ende seiner eigenen Nase hinaus.

Unter solchen Umständen, wenn man sich in einer so extremen Situation befindet, wenn man sich in eine so schlechte Lage versetzt hat, wenn man einen so gefährlichen Fehltritt gemacht hat, wenn man sich so wie eine Ratte in den letzten Zügen windet, weiß man nicht mehr, an welchen Heiligen man sich wenden soll.
Aber, siehe da, auf einmal, noch ehe er flehend angerufen wurde, stellt der Heilige sich ein . . . Eine himmlische Erscheinung . . . Sein abgezehrter Leib schwimmt in viel zu weiten Gewändern, an den Füßen hat er Bastsandalen, wie er sie bei jedem Wetter trägt, seine weißen, wirren Löckchen schweben als Aureole über seinem edel durchfurchten Gesicht, die Unschuld strahlt aus seinen Kinderaugen . . . in sei-

nem in der Ferne verlorenen Blick könnte man nie die geringste Bewegung auf jene zu entdecken, die ihn beobachten . . . es ist ganz einfach, er sieht sie nicht, wie er sich nicht sieht, da er ja von sich selber abwesend ist, ja, stets zerstreut, erinnern Sie sich, wie er das Ei anstarrte, das er in der Hand hatte, während seine Taschenuhr im kochenden Wasser lag . . . Er ist mein Retter, mein Fürsprecher . . . er brauchte nur zu erscheinen, und schon bin ich plötzlich erlöst . . . Ihn sehe ich am Ende meiner Nase . . . Nein, was habe ich gesagt? nicht am Ende, natürlich . . . weit weg vom Ende und hoch oben . . . ich kenne die Abstände . . . Ich kann die Größe, die Überlegenheit ermessen . . . ich kann bewundern, ich vermag zu verehren . . . Sie sehen, wie mein Gesicht sich zu einem seligen Lächeln verzieht . . . Rührung läßt meine Stimme weicher klingen, wenn ich ihn Ihnen zeige . . . – Ah, der da, das ist wirklich etwas anderes . . . man kann sagen, daß er von seiner Idee besessen ist . . . Sie gehört ihm ganz und gar . . . Er ist ein Reiner. Er ist ein Echter.

Eine Hand klopft freundlich auf meine Schulter . . . – Wie gut, wie gesund das doch ist. Zugegeben, daß wir ein wenig boshaft waren, wir haben Sie etwas rücksichtslos auf Ihren Platz zurückverwiesen, es war sehr aufreizend, diese Angriffe, diese Unverschämtheit, aber man muß immerhin anerkennen,

daß Sie da einen großen Fortschritt gemacht haben, einen großen Schritt nach vorn auf dem Wege der Vernunft, der Unterwerfung unter die Evidenz.
Es ist Ihnen schließlich, wie allen anderen auch, klargeworden, daß es keine Idee ohne Meister gibt. Es kommt selten vor, daß eine verirrte Idee im Fundbüro abgeliefert wird, und noch viel seltener, daß sie dort bleibt. Es passiert auch nur selten, daß jemand, der merkt, daß man ihm eine Idee gestohlen hat, diese nicht lauthals für sich beansprucht. Es kommt sogar vor, daß Nationen sich hochbewertete Ideen gegenseitig streitig machen, indem jede behauptet, einer ihrer Staatsangehörigen sei deren rechtmäßiger Besitzer.
Ja, Sie haben begriffen, daß jemand, der eine Idee angreifen will, gut daran tut, bis auf den zurückzugehen, dem sie gehört, der ihr gleicht und die auch ihm gleicht, sie bis dahin zu verfolgen, bis in die Fotografien, Porträts, Tagebücher, Notizhefte und Briefe. Und andererseits, daß eine Idee, die genügend Kraft besitzt . . . eine Kraft, nebenbei gesagt, bei der Sie, ebenso wie wir armen Unwissenden, sich oft damit begnügen müssen, an sie zu glauben, indem Sie vertrauensvoll gelten lassen, was die Kenner, die Fachleute von ihr halten . . . Ja, Sie wissen, daß eine Idee ihren Glanz auf wirres Haar, auf Bastsandalen, auf Eier und auf Uhren übertragen kann und daß sie ihrerseits durch dieses alles an Glanz gewinnt . . .
Sind Sie sicher, daß dem bedeutenden Mann, den Sie,

wie übrigens jeder von uns, so sehr verehren, dieser Sachverhalt derart unbekannt war? Glauben Sie, daß er nicht die geringste Ahnung davon haben konnte, wie reizvoll diese Attribute, diese Merkmale, wie Sie gezeigt haben, seine Idee erscheinen ließen?
Was nun unseren eigenen bedeutenden Mann betrifft, so darf man annehmen, daß, wenn bei ihm tatsächlich irgend etwas »gewollt« oder »posiert« wirkte, er das Pech gehabt hat, unversehens beobachtet zu werden . . . Er ist eben überrascht worden, und zwar in einem jener Augenblicke – auch solche muß es ja geben, sogar bei Leuten wie ihm –, in denen die Idee sie plötzlich verläßt . . . also hat er, um ihr geziemend zu dienen, um ihre Abwesenheit wettzumachen, mit einem stärkeren Einsatz seiner Person dafür einstehen müssen . . . er mußte, gedankenleer wie er gerade war, in aller Eile und übereinstimmend mit dem gängigen Modell eine geniale Maske aufsetzen, eine bittere Falte zeigen und so weit er nur konnte . . . nicht sehr weit, selbstverständlich, unter solchen Umständen . . . einen »tiefsinnigen« Blick in die Ferne richten . . . Unsere beiden bedeutenden Männer sind womöglich gar nicht so verschieden voneinander, wie es Ihnen scheint. Sie sind dennoch komplizierter, als Sie ahnen. Ist das nicht komisch? Nun sind wir es, die es Ihnen beibringen müssen . . .
Ah, wenn diese Sturen, Störrischen, Unbotmäßigen wieder ins Glied zurücktreten, sind sie oft fügsamer

und eifriger als die anderen . . . Dieser hier schien mir übrigens, wie ich immer schon dachte, das Zeug für einen hervorragenden Kerl zu haben. Werden Sie mir glauben, daß ich ihn mal vor einem Zeitungskiosk ertappt habe, wo er gerade heimlich das Bild – das Bild des Glücks – eines Fürstenpaars betrachtete . . . oder war es eine verstoßene Königin? . . . Aber was denn nur, Sie brauchen dabei nicht rot zu werden, wer von uns hier kann sich mit der Hand auf dem Herzen rühmen, niemals Versuchungen dieser Stärke erlegen zu sein? Nun gut, lassen wir das, mäkeln wir nicht zuviel, verübeln wir ihm nicht seinen Hang zur Vereinfachung, seine Unbefangenheit . . . Besser etwas zuviel Arglosigkeit oder Treuherzigkeit als dieser zerstörerische Geist, dieser Zynismus. Vergessen wir dies alles. Übrigens, er gibt ja doch zu, daß er da hineingeschlittert ist, er wußte nicht mehr, was er tat, als er so aggressiv, so töricht gegen . . . es ist besser, nicht mehr daran zu denken . . . er hatte ja solche Angst gehabt, das »Sie sind es, den dies richtet«, das ihn so unvermittelt traf, hat ihm die Sicht benommen, hat ihn den Kopf verlieren lassen . . . Ja, seinen Kopf, er hatte ihn verloren. Aber er hat ihn nun wiedergefunden, nicht wahr? Und er hat allen Grund, sich darüber zu freuen, denn man muß schon sagen, daß es ja doch ein sehr guter Kopf ist . . . Gut gut, keine Sentimentalitäten. Ende gut, alles gut. Ich habe sogar eine schöne Überraschung für Sie . . . Wissen Sie, was man mir über Sie gesagt hat? Nein?

Sie wissen es nicht? Nun ja, Sie großer Narr, man hat mir gesagt, Sie seien jemand. – Jemand? Ich? – Ah, nicht wahr, »ich« sagen zu können, man selber zu sein, ist schon gut. Aber besser noch ist, ein großes Glück ist es, sich sagen zu können, daß man jemand ist. Ah, Sie möchten wissen, wer ... Sie haben recht, wenn ein Dummkopf es mir gesagt hätte ... aber dann hätte ich es nicht vor Ihnen wiederholt ... Nein, mein Gewährsmann, der das gesagt hat ... Sie werden gelten lassen, daß der ... – Ja, ich gebe zu ... – Sie geben zu: der ist schon eine Persönlichkeit. Der ist jemand.

– Gewiß ... Da Sie es mir erzählen, werde ich Ihnen sagen, daß er mir sogar eines Tages geschrieben hat ... einen sehr schönen Brief, ich habe ihn aufbewahrt ... er war einer von denjenigen gewesen, die der Meinung waren, daß eine meiner Ideen ... es waren übrigens mehrere Persönlichkeiten ... er vernimmt so etwas wie ein kaum wahrnehmbares Flüstern, wie ein ganz leises Echo ... mehrere ... Persönlichkeiten ... Sie nicken zustimmend ... – Sehen Sie ... Wie gut das tut! ... – Ja, mehrere ... Sie kennen ihre Stellungen und ihre Titel ... Und, da Sie sich dafür interssieren, sie haben mir Beweise geliefert ... manchmal sogar allzu schmeichelhafte ... – Keineswegs, warum nur allzu? Sie sollten nicht so bescheiden sein ... Soso, der hat Ihnen geschrieben? ... Er hat auch einem jungen Freund von mir geschrieben. Er schreibt viel. Wenn seine Briefe eines Tages mal veröffentlicht werden sollten . . . obgleich ich das eigentlich nicht glaube . . . Und hat der Ihnen auch geschrieben? Nein? er hat Ihnen gesagt . . . Das ist ja ausgezeichnet . . . Es regt sich etwas in ihnen, es ist so, als hielten sie ihren Fuß zurück, der sich unwillkürlich vorschiebt, um ihm, der ihnen zugekehrt, vor ihnen ausgestreckt liegt, einen ganz gelinden Tritt zu geben . . . es ist nur eine Regung, eine Anwandlung, die ihn von einem leichten Schauer durchwallen läßt . . . eine vage Furcht erfaßt ihn . . . würde er später, sobald er wieder allein ist, in der Nacht, wenn er in seinem Bett liegt, wieder seine Konturen verlieren und sich ausdehnen, sich ausbreiten, unermeßlich werden wie ein Ozean . . . und würde dann die kleine Welle, ebenso maßlos wie er, aufwallend in ihm riesige Wogen branden lassen, und würden dann in ihm Wirbelstürme wüten und Taifune toben? . . . Aber alles ist ruhig. Ihre Füße wippen friedlich. Sie schauen ihn an, der da sehr würdig vor ihnen steht. Wohl wissend, was sein Wert ist. Geschätzt von einigen der Besten. Tüchtig genug, um einer von denen zu sein, auf die man diese Worte anwendet, die ihnen Gewicht verleihen, die sie sich aufrichten lassen und sie im Gleichgewicht halten: »Das ist jemand.«

Ein wenig Klugheit, ein wenig Ordnung endlich in diesem guten, runden Kopf . . . und nun ist er genauso geworden, wie ich mir immer vorgestellt habe, daß er einmal sein würde . . . Ich habe es immer geahnt, mein kleiner Finger hat es mir gesagt, das sind Dinge, bei denen ich mich selten irre . . . ich wußte, daß der Tag kommen würde . . . ja, du wirst sehen, eines Tages wirst du jemand sein, mein kleiner Narr, mein großes Dummerchen . . . Hin und her wiege ich meinen auf ihren Knien liegenden Kopf, um über mein Ohr, über meine Wange die seidenweichen Pölsterchen ihrer hohlen Hand gleiten zu lassen . . . ich hebe den Kopf, um ihren weißen, moosweichen Schal zu betrachten, ihr silbergoldenes Haar, ihr rosiges, von feinen Runzeln durchfurchtes Gesicht, das Schillern des verblaßten Schmelzes ihrer Augen . . . Ein makelloses Gefäß, ein Kristallfläschchen voller köstlich duftender Ingredienzien mit den Namen: Zärtlichkeit. Reine Liebe. Selbstlosigkeit. Gelassenheit. Mut. Edelsinn. Stolz. Angeborene Klugheit . . . – Intelligenz? – O nein, das nicht . . . nur ja nicht ... – Wieso? Sagen Sie mir nicht, Ihre Großmutter wäre ... – O nein, sie war kein Dummkopf, glauben Sie mir, sie war sehr weit davon entfernt. Sie war weit entfernt von alledem, von der Dummheit, von der Intelligenz ... sie war woanders, diesseits, jenseits ... ich könnte mir nicht vorstellen ... ich hatte nie darüber nachgedacht, das schien selbstverständlich zu sein ... aber, da Sie es nun erwähnen, ja, es stimmt, ich kann mir nicht vorstellen, daß in ihr irgendwelche Ideen irgend etwas trüben, verunreinigen könnten ... daß diese durch ihre Verrenkungen, Zuckungen, ihre kriechenden Bewegungen, Entladungen und Sprünge etwas in Aufruhr versetzen könnten ... daß sie, ungeduldig, ehrgeizig und streitsüchtig, wie sie sind, einander hinausdrängen könnten ... daß sie in ihren Augen zum Vorschein kommen, in ihnen fiebrige Irrlichter aufschimmern lassen könnten ... daß sie die beruhigende Undurchsichtigkeit des verblaßten Schmelzes, dessen sanftes Schillern am äußersten Rand eines schnüffelnden, schürfenden, scharfen Blickes durchdringen könnten ... Und, nebenbei gesagt, wenn das Unglück, wenn der in höchstem Maße unwahrscheinliche, unglaubliche Zufall es jemals wollte, daß bei ihr eine Idee geboren würde, so würde einen Mitleid beim Gedanken an ihr Los erfüllen, an die Hürden, auf die die Ärmste unfehlbar stoßen würde, behindert, wie sie es wäre, seit ihrer Geburt.

Nein, nein, wie können Sie nur eine Sekunde lang annehmen, daß . . . Sie, die Sie mich gelehrt haben . . . aber Sie haben mich sicherlich auf die Probe stellen wollen . . . Ich weiß, daß hier alles am richtigen Platz sein muß, in einem Gefäß, das dafür vollkommen geeignet ist.
Sie ist eines der vollkommensten, sie, bei der man überall, an der erschlafften Linie ihrer rosigen Wange, in den Spiegelbildern ihrer Emailschmelzaugen, an den Falten ihres molligen Rocks, an den Äderchen ihrer rundlichen Hände Liebe dämmern, Unschuld schimmern sehen kann, Güte, Gelassenheit und Klugheit . . .
Was die Intelligenz betrifft . . . es gibt für die Intelligenz besser geeignete Gefäße, die ebenfalls vollkommen sind. Dieses, zum Beispiel . . . Aber warum »zum Beispiel«? als ob er einer unter anderen wäre . . . wo er doch einzig in seiner Art ist. Wie sie etwas Absolutes. Ein Modell. Ihr gleichwertig in der Vollkommenheit, der Vollständigkeit. Sie halten sich die Waage.
Sein ganzes Wesen ist so erfüllt von Intelligenz, daß man sie schließlich verwechselt hat, die Intelligenz und ihn. Wer hat nicht über ihn sagen hören, daß er die Intelligenz *ist*?

Wer bin ich jedoch, um ihn zu beurteilen? Wenn ich meinen Platz auch nicht, nein wahrhaftig nicht ganz

unten am Fuße der Leiter habe, deren höchste Sprosse er besetzt, da ja, wie Sie selber sagten, ich jemand bin. Aber zwischen denen, die jemand sind und ihm – welch ein Abstand . . . Wieviel Stufen, nicht enden wollende, sich hin- und herwindende, hinab- und wieder hinaufführende und schließlich steil zum Himmel hinansteigende Treppen . . . welche weiten Flächen glatten Parketts bis zu der Stelle, wo er sich aufhält, er, in dessen Innern in ewiger Gärung und Vermengung die Ideen entstehen, sich ansammeln und immer mächtiger werden . . . ihre Kraft, seine kolossale Kraft treibt sie vorwärts . . . sehr weit, immer weiter . . . dorthin, wohin zu gelangen, man sich nie vorgestellt hätte . . . – Bis in den Bereich, der ihr gehört? – Nein, das nun doch nicht. Nicht bis dahin. Dort bleibt er auf der Schwelle stehen und nimmt den Hut ab. Erinnern Sie sich an jene Fotos, auf denen man ihn sieht, wie er zu ihr auf Besuch kommt, so wie das Pflichtgefühl, die Zärtlichkeit und die Ehrfurcht ihm gebieten, es von Zeit zu Zeit zu tun. Sieht er nicht beinahe naiv aus, so als wäre er wieder ein kleiner Junge? Wie andächtig er ihr zuhört, wie demütig er sich verneigt, als erwarte er ihren Segen . . . Wer von uns war bei ihrem Anblick nicht zu Tränen gerührt?
Nein, aber manchmal führt seine Intelligenz in ihrem ganzen Schwung ihn soweit, daß er Grenzen überschreitet . . . Er dringt verwegen ein, wo niemand jemals vor ihm eingedrungen war, in die am besten

umhegten, heiligsten Bereiche, wo man immer geglaubt hatte, allein Herr im Haus zu sein.

Wie habe ich es tun können? ich begreife nicht mehr wie, ich weiß nicht mehr, wer ich bin, ich habe mich in der Tat dahin vorgewagt, wo er allein . . . ja, ich kann es mir sehr gut vorstellen, als ich meine kleine Idee vor mir herschob, erweckte ich den Eindruck eines Insekts, das sein winziges Kügelchen vor sich herrollt, sich abmüht, um es hinaufzuhieven . . . mich dahinschleppend und versuchend, an seinem Riesenfuß hinaunzuklettern, an seineh ungeheuer großen Zeh . . .
Er brauchte sich nur ein wenig zu bewegen, und ich würde umgeworfen, ich fiele auf den Rücken, nach hinten gerissen und an den Boden gedrückt durch den schweren Panzer der Dummköpfe . . . ein Dummkopf, der sich bejammernswert bemühte, sich wieder umzudrehen, wieder aufzustehen und der nur noch strampeln und mit seinen winzigen Beinchen durch die Luft fuchteln könnte . . .

Unter der Wirkung der Strahlen, die er aussendet, sehe ich nun, wie sich um mich herum alles anordnet – jeder und jedes an seinem richtigen Platz . . . alle verstreuten Stücke, in deren Mitte die anderen da drüben herumtasten, herumstolpern, sammeln sich

hier an und fügen sich ganz präzis ineinander. Kein Wirrwarr. Keine Bruchstellen.
Entdeckte man je – aber wer hat schon ein so gutes Sehvermögen –, daß so etwas wie ein Riß entsteht, so würden diejenigen, die würdig sind, über die Reserven zu wachen, über die unerschöpflichen Vorräte, die er für uns angehäuft hat, dort sofort das finden, das daraus zu Tage fördern, was gut gemischt, gemahlen, gesiebt und geläutert ihnen erlauben würde, wieder abzudichten und zu glätten . . . man kann sicher sein, daß es nicht lange dauern würde, bis alles wieder von neuem vollkommen in Ordnung wäre . . .
Überall . . . auch in mir . . . In mir, der ich fest auf meinem Platz stehe und nicht die geringste Lust habe, mich zu bewegen, ich, der ich offen bin, auf daß es hereinkomme, sich niederlasse, erleuchte, auf daß sich in mir ansammle und sich zusammenfügen, zusammenschweißen lasse, was . . . damit auch ich, rein, ganz glatt . . . nichts sprießt hervor . . . nein, nichts . . . Wenn jedoch jemals wieder etwas in mir anfinge zu . . . wie könnte ich dann? wer bin ich? Nicht wer bin ich, so leicht dahingesagt, nein, keine Angst, freilich weiß ich, wer ich bin, freilich weiß ich, wer er ist . . . Nein, ich wollte sagen: wer bin ich, daß ich mit meinen bescheidenen Mitteln mich erkühne . . . Aber Sie sind alle da, bei mir . . . Sie werden sofort bemerken, was mir zum Trotz . . . und Sie werden mir helfen, Sie werden es untersu-

chen, Sie werden es halblang machen, Sie werden es nennen, wie es genannt zu werden verdient, und Sie werden es an seinen Platz bringen, Sie werden alles wieder in Ordnung bringen, dessen bin ich sicher . . . aber, woran denke ich nur? Welch ein Übermaß an Gewissenhaftigkeit, welch ein übermäßiges Bedürfnis an Sicherheit.

Was ist los? Es ist, als ob . . . haben Sie es nicht gemerkt? . . . Ich meine, gespürt zu haben . . . In dem, was er sagte? . . . Nein, eher in seinem Schweigen . . . als er uns zuhörte, habe ich gespürt, es hätte mich nicht gewundert, wenn sie über seine Lippen gekommen wären, die . . . – O nein, wo denken Sie hin? Es war nichts . . . Ich war woanders . . . ich hätte allenfalls etwas wiederholen können, ohne an das zu denken, was ich sagte . . . andere haben es schon eher gesagt, nicht ich . . . andere, die bewiesen haben, daß sie nicht . . . wer hat nicht solche Momente? Er selber vielleicht . . . – Was sagen Sie? Von wem sprechen Sie? . . . – Nein, nicht von ihm, natürlich . . . ich wollte nur andeuten, daß keiner von uns gefeit ist . . . Man möge uns verzeihen. Ein Moment der Abgestumpftheit, der Zerstreutheit, das genügt nicht, um einen zu . . . – Oh, und ob! Es hat viele Fälle gegeben, wo soviel wie nichts – keine Wirkung ohne Ursache – für ein ganzes Leben ausschlaggebend war . . . – Ja, ich weiß, aber ich . . . – Was Sie? Keiner, nicht einmal einer von denen, die jemand sind, kann sich, wie Sie wissen, einer Immunität erfreuen, wenn es darum geht, . . . – Aber, was ich sagen wollte, ist . . . Nein, was sage ich nur? ich wollte nichts sagen . . . – Ah, sehen Sie, Sie zögern, Sie faseln, ich habe mich nicht getäuscht . . . Sie können mir danken, ich habe Sie rechtzeitig gebremst . . . ich bemerkte, darin täusche ich mich nie . . . es war da in Ihrem Blick, in Ihrem Schweigen, ja . . . eine Art Zurückhaltung . . . es hat nicht viel gefehlt, und es wären Ihnen, vom Teufel getrieben, wieder Wörter herausgerutscht . . .

– Nein, mir nicht, ich konnte nichts sagen, aus dem einfachen Grund, weil ich nichts gedacht habe. Nein, ich versichere Ihnen, Sie sind auf dem Holzweg, nicht bei mir . . . von mir, welche Wörter? . . . Ich muß mich doch wundern! . . . Welche Wörter eigentlich? Woher haben Sie die? Wie sind sie Ihnen in den Sinn gekommen? – Oh, ich weiß nicht . . . ich habe sie vermutlich gehört . . . – Wo gehört? Bei wem? – Ich erinnere mich nicht mehr . . . – Denken Sie nach. Es ist schlimm, denn wenn Sie sie nicht gehört haben . . . dann . . . Sagen Sie sie doch, diese Wörter, die Sie sich vorgestellt haben, die Sie »gespürt« haben, als sie sich angeblich in mir bildeten, mir an die Lippen drangen . . . Gut, gut, lassen wir das . . . Es wird Ihnen, diesmal, nicht angekreidet . . . Sie glaubten, ja, Sie glaubten nur wahrzunehmen, das ist allerdings etwas bedenklich . . . ja, es war eine Halluzination . . . Aber Sie werden sich beobachten müssen, das ist beunruhigend . . . Sie wissen genau, was das ist, was Sie sich da vorgestellt haben, was Sie zu hören glaubten: So was sagen die Dummköpfe.